백수귀족 판타지 장편소설
WISHBOOKS FANTASY STORY

버버리안

퀘스트

9

백수귀족 판타지 장편소설

초판 1쇄 찍은 날 | 2018년 12월 18일
초판 1쇄 펴낸 날 | 2018년 12월 26일

지은이 | 백수귀족
펴낸이 | 예경원

기획 | 위시북스
편집책임 | 이규재
편집 | 위시북스

펴낸곳 | 예원북스
등록번호 | 제396-2012-000132호
등록일자 | 2012. 7. 25
KFN | 제1-347호

주소 | 경기도 고양시 일산동구 호수로 646-24 위너스21Ⅱ빌딩 206A호 (우)10401
전화 | 031-819-9431 팩스 | 031-817-9432
E-mail | yewonbooks@naver.com

ⓒ백수귀족, 2018

ISBN 979-11-89701-09-3 04810
      979-11-6098-950-2 (set)

백수귀족 판타지 장편소설

WISHBOOKS FANTASY STORY

바바리안 9

퀘스트

Wish Books

CONTENTS

Chapter 1

양측의 군대는 신호를 듣고 정해진 작전을 따라 움직였다. 제국군도 연맹군도 이미 시위를 놓은 화살이나 마찬가지다. 지휘관들은 자신의 예측이 맞으며, 군대의 기량이 충분하길 기도하는 수밖에 없었다.

　　"후욱, 후욱."

　　전사들이 무기를 꼬나 쥐고 방벽 뒤에서 어깨를 들썩였다. 짐승처럼 이빨을 드러내며 공포를 떨쳐 내듯 소리를 질렀다.

　　"놈들이 온다."

　　"산맥 너머의 악령들이 우리를 집어삼키러 왔어."

　　"악령이 아니야, 그저 인간이지. 전부 죽여 버려."

　　"……나는 곰이다. 나는 곰. 곰이 된다."

전사들이 제각기 다른 반응을 보이며 전투를 준비했다. 짐 승가죽을 뒤집어쓰며 자신에게 최면을 거는 전사도 있었다.

"우우음음."

주술사들이 뒤에서 전사들에게 용기의 주술을 걸었다. 그들은 염소의 피를 거칠게 뿌렸다.

"죽음은 끝이 아니네, 전사여."

"그 뒤에 뭐가 있소?"

"……혼의 불멸. 먼저 간 형제와 선조가 자네를 기다리고 있지."

"하, 만약 아버지를 만날 수만 있으면 그 목을 내가 직접 따 버릴 텐데 말이오. 좋은 아버지는 아니었지."

전사가 크게 웃었다. 그가 무기를 들고 용감하게 싸울 준비를 했다.

픽!

웃던 전사는 눈먼 화살에 맞아 쓰러졌다. 화살은 정확히 머리에 박혔다. 방금까지 열의에 차 있던 전사조차 허무하게 죽었다.

"이런."

주술사가 화살이 빗발치는 전장에서 쓰러진 전사의 눈꺼풀을 쓸어내렸다. 그가 뭐라 주문을 외웠다.

"두려워하지 말게. 난 자네의 영혼을 보고 있으니까."

주술사는 죽음이 두렵지도 않은지 팔을 벌리며 하늘을 바라봤다.

쿵! 쿵!

나무울타리가 흔들렸다. 땅바닥에 깊게 박아 넣은 통나무도 별다른 소용이 없었다.

찌거어억!

나무결이 갈라지면서 울타리가 순차적으로 무너졌다.

전사와 병사들은 얼굴을 마주하고 서로를 확인했다. 공포와 환희로 일그러진 표정의 주름까지 보일 만큼 가까운 거리였다.

"죽여!"

누가 뭐라 명령하지 않아도 병사와 전사는 서로를 향해 달려들었다. 쇠붙이가 뒤엉기면서 피가 사방으로 튀었다.

"울타리가 무너진 부분부터 방비해라! 뛰쳐나가지 마라! 어깨를 맞대고 방패를 들어!"

사미칸이 전사들 사이를 헤치고 나왔다. 그가 방패와 창을 들고 전사들 곁에 섰다.

"사미칸이 왔다!"

"대족장이 우리와 함께한다!"

전사들의 사기가 하늘을 꿰뚫듯이 치솟았다. 연맹의 수장인 사미칸이 전장 가장 앞에 나섰다.

촤악!

사미칸이 다른 전사와 함께 창을 길게 찔렀다. 그의 창끝이 제국병사의 머리를 꿰뚫었다.

"오오오오!"

전사들이 고함을 지르며 창을 내질렀다. 부족전사들은 창과 도끼를 주로 사용했으며, 그중에서도 대개 창을 선호했다.

"우린 하나다! 등과 어깨를 맞대면 살 것이고, 피에 취해 홀로 뛰쳐나가면 죽을 터!"

사미칸이 고함을 내질렀다. 하지만 광기에 취한 전사들 일부가 앞으로 뛰쳐나가며 포효했다.

"카오오오오!"

짐승가죽을 뒤집어쓴 전사들이 짐승처럼 울부짖으며 날뛰었다. 진영을 이탈해서 싸우는 전사들은 마치 자신이 죽지 않을 것처럼 굴었다.

푸욱!

하지만 죽지 않는 전사는 없다. 누구나 심장이 꿰뚫리면 죽는다.

곰이나 늑대가죽을 뒤집어쓰고 무적이 된 듯한 감각은 어디까지나 착각이다. 날뛰던 전사들이 눈을 감지도 못한 채로 바닥에 쓰러져 죽어갔다.

요새의 경계에서 전사와 병사들이 생사를 오가며 싸우는

동안, 제국의 귀족들은 언덕 위에서 전황을 지켜볼 뿐이었다.

"야만인들이 제법 버티는군."

"시간문제일 뿐이오."

말을 탄 귀족들이 승전만을 기다리며 느슨하게 말했다.

"6보병대부터 10보병대는 가세해라."

군단장 오딘스트가 병력을 더 요새 정면으로 더 투입했다.

'야만인들이 예상보다 오래 버틴다. 사기가 상당히 높아.'

오딘스트도 잠시 고개를 갸웃거렸으나, 전황은 제국군이 압도적으로 유리했다. 병력의 숫자와 질, 양쪽에서 앞서고 있었다.

오딘스트는 전투를 빨리 끝내기 위해 군단의 병력들을 전진 배치했다. 측면과 후방은 텅 비웠다.

오딘스트는 군사학을 배운 군단장이다. 만약 상대가 야만인이 아니라 문명인 군대였다면 측면과 후방을 무방비하게 두지 않았을 터다. 보통은 마지막까지 양익의 병력을 어느 정도 남겨둔다.

하지만 오딘스트는 승기를 잡았다고 확신했다. 적은 피해로 빠르게 전투를 끝내기 위해 양익의 병력마저 전진 배치했다.

"후우우."

사미칸은 제국군의 병력밀도가 더 높아진다는 느낌을 받았다. 그는 전황을 확인하기 위해서 아직 무너지지 않은 감시탑을 올랐다.

'제국군이 양익을 전진 배치했다! 지금 중앙을 맡은 우리가 버티면 승산이 있어!'

사미칸이 눈을 가늘게 뜨며 전황을 관찰했다. 그의 어깨와 가슴이 숨을 쉴 때마다 크게 들썩였다. 몸은 지쳤고 입안에서는 단내가 풀풀 흘렀지만, 사미칸의 눈동자는 머나먼 영광을 응시하며 빛났다.

픽!

화살이 사미칸의 가슴에 박혔다. 사미칸의 몸이 크게 휘청거리며 감시탑 밑으로 떨어졌다.

"대족장!"

"사미칸을 지켜라!"

전사들이 바닥에 떨어진 사미칸에게 달려들었다. 그들은 방패를 들어서 사미칸을 지켰다.

기이이잉.

사미칸이 눈을 깜빡였다. 귓가가 윙윙거리고 뒷덜미는 멍하니 감각이 없었다. 가만히 누워 있는데도 하늘이 빙글빙글 도는 느낌이었다.

'아직 전투는 끝나지 않았다.'

사미칸이 이를 악물었다. 이제야 희미한 승기가 머리를 드러냈다. 여기서 사미칸이 쓰러진다면 이길 싸움도 지고 만다.

'비껴 맞은 데다가 모피옷 덕분에 화살이 깊게 박히진 않았다. 숨을 쉬어도 폐에 피가 차지 않아.'

사미칸은 가슴을 더듬어 자신의 상태를 확인했다. 화살에 맞은 걸로 당장은 죽지 않는다. 그는 부러진 뼈가 없는지 확인하고 삐걱거리는 몸을 일으켜 세웠다. 뼈가 부러지진 않았어도 몸 상태는 정상이 아니었다.

"뒤로 물러나시지요, 대족장."

전사들이 사미칸을 부축했다. 사미칸은 그들의 손을 걷어내며 자신의 두 다리로 일어섰다.

'삭신이 쑤시는군.'

사미칸은 머리를 흔들었다. 영광을 향한 집착이 통증을 지웠다. 머릿속은 황금빛 물결이 지나가듯 맑았다.

"하늘의 뜻이 내게 있는 이상, 나는 쓰러지지 않는다. 내 창과 방패를 가져와라!"

사미칸이 크게 외치며 가슴에 박힌 화살을 부러뜨렸다. 가슴에 화살을 맞고도 쓰러지지 않는 사미칸을 본 전사들이 소리를 내질렀다. 목구멍에서 피가 날 정도로 거친 포효였다.

"사미이이이-칸!"

사미칸이 앞으로 나섰다. 중상을 입은 몸으로 창을 휘둘렀다.

"형제들이 온다! 가자!"

사미칸이 무너진 울타리를 밟고 뿔나팔을 들었다. 가슴팍에서 핏물이 새어 나오는데도 그는 힘껏 가슴을 부풀렸다.

뿌우우우우-!!

사미칸의 뿔나팔 소리를 들은 전사들이 피를 뚝뚝 흘리며 일어섰다. 목구멍과 뱃가죽이 찢어져 이미 죽은 거나 마찬가지인 전사들조차 마지막까지 싸웠다.

"와, 와, 와아아아아!"

멀리서 함성이 퍼졌다. 부족의 요새에서 싸우던 제국군이 당황했다.

"적의 좌익과 우익에서 야만인들이 나타났소!"

귀족들이 우왕좌왕했다. 예상치 못한 증원군에 군단의 수뇌부가 혼란스러웠다.

"적어도 수천이 넘소이다!"

"알고 있소! 입 다물고 근엄한 표정이나 짓고 있으시오!"

오딘스트가 인상을 찌푸렸다. 전투경험이 없는 머저리 귀족들이 싸우기도 전에 겁을 먹고 군기를 엉망으로 만들었다.

'병력을 숨기고 있었다고? 야만인 주제에? 제국군을 상대로 여력을 아끼고 있었단 말인가!'

오딘스트는 제대로 한 방 먹은 기분이었다. 좌우에서 나타난 대군이 미리 배치한 병력이라면 서부의 야만인을 만만히 볼 게 아니었다.

'무엇보다 어디서 저런 대군을 이끌고 왔단 말인가? 이미 야

만인들이 세력을 규합했던 건가?'

온갖 생각이 오갔다. 야만인 군대는 오딘스트의 생각과 전혀 다른 집단이었다.

예상과 전혀 다른 적.

전쟁에서는 치명적인 판단 실수다.

'지금 앞으로 뻗은 병력들을 제때 뒤로 물릴 수 있을까?'

유능하고 눈치가 빠른 보병대장들이라면 자신의 재량으로 자신의 보병대를 눈치껏 뒤로 뺄 터다. 하지만 군단장 오딘스트와 야전장교들은 그렇게 손발이 착착 맞을 정도의 유대와 경험을 쌓지 못했다.

오히려 야전장교들은 괜히 독단적인 판단을 했다가 문책을 당할까 봐 재량껏 행동하길 꺼렸다. 젊은 나이에 군단장이 된 오딘스트는 그동안 군기를 잡기 위해 강압적으로 군단을 다뤘었다.

야전장교와 군단장의 소통 부재로 군단의 움직임이 경직되었다. 미리 짜둔 전략이 어긋나면서 군대라는 거대한 짐승이 갈피를 잡지 못했다.

"깃발을 들어라!"

오딘스트가 급한 대로 전령을 보내고 각각 보병대에 맞는 기를 올렸다. 제국군은 이름만 최고인 군대가 아니었다. 혼란스러운 와중에도 본진의 명령을 확인한 전방부대들이 본진의 좌우익을 지키러 움직였다.

'제기랄, 역시 움직임이 제각각이다. 금방 알아먹고 움직인 부대도 있지만, 아직 상황을 파악하지 못한 부대도 있어.'

제국의 보병대 편제는 백 명이다. 물론 완편으로 백 명을 채우는 일은 드물었지만, 얼추 80여 명 정도는 채운다.

소규모의 보병대들이 따로따로 움직이며 빠지고 있었다.

"우오오오오오오!"

좌우익에서 덮쳐 오는 야만인들의 돌진속도는 상상 이상으로 빨랐다. 일반적인 보병의 진군속도가 아니었다. 경보병인 데다가, 서부인의 맨발기동력은 야만인들 중에서도 발군이었다.

'빨라! 보병이 이렇게 빠를 수가!'

보병장교들의 생각보다 훨씬 빨리 야만인 군대가 달려들었다. 좌우익 각각 삼천가량의 야만인들이 우르르 닥쳤다. 소규모로 흩어진 보병대들이 삼천가량의 야만인들에게 둘러싸여 순식간에 부서졌다.

'실수다. 야만인들이 생각보다 더 빨라. 뒤로 빠지는 게 아니라, 희생을 보더라도 본대를 앞으로 움직여서 전방부대와 합류했어야 했다.'

오딘스트는 자신의 실책을 뼈저리게 느꼈다. 그의 판단 실수로 제국보병 백인대 넷이 순식간에 박살 났다.

"군단장!"

귀족들이 오딘스트를 재촉하며, 그의 판단을 요구했다. 몰려온 야만인들이 본대의 측면과 전방부대의 후면을 노렸다.

제국군의 진영은 허리가 잘려서 두 동강 난 거나 마찬가지였다. 연맹군의 전략은 성공했다.

"돌레만 경!"

오딘스트가 기사의 이름을 외쳤다. 돌레만은 중기병대의 지휘관이었다.

"맡겨만 주십쇼. 우리가 길을 열겠습니다."

돌레만이 자신의 기병대로 합류했다. 중기병은 되도록 아낄 생각이었으나, 더 이상 여력을 남겨둘 때가 아니었다.

"세워, 창!"

중기병 오백 중에서도 전신판금갑옷을 입은 기사의 숫자는 약 백 명에 달했다. 그들이 중기병대 선두에 섰다. 기병창을 세운 그들이 천천히 전진했다. 처음부터 과하게 달리면 말들이 지쳐서 정작 필요할 때 추진력을 얻지 못한다.

몇몇 기병창에는 화려한 깃발이 달려 있었다. 기수의 창을 보고 다른 중기병들이 따라 움직였다.

연맹군의 전략은 분명 성공했다. 꺾여가던 전사들의 사기도 치솟았다. 하지만 제국군에겐 전략전술의 우위조차 파괴할 수 있는 병종이 있었다.

"내려, 창!"

돌레만이 외쳤다.

기수들이 먼저 창을 내렸다. 그 신호를 따라 일제히 중기병들도 세웠던 창을 내렸다.

중기병들은 겨드랑이에 있는 창걸이에 기병창을 걸치곤 자세를 고정했다.

딸깍, 딸깍.

사방에서 투구가리개를 내리는 소리가 났다. 그들은 훈련이 덜 된 전투마에게는 눈가리개를 씌웠다. 준비가 끝난 중기병들은 좁은 시야 속에서 기수와 돌레만 대장만을 바라봤다.

"두려워하지 마라."

"태양이 함께한다."

"제국 만세!"

돌레만이 말의 옆구리를 가볍게 차며 고삐를 당겼다. 그를 선두로 중기병대가 내달리며 돌진했다. 뿌연 먼지가 일어나며 초원이 짓밟혔다.

서부의 전사들은 처음으로 중기병이란 존재를 경험했다. 말을 탄 강철 덩어리들이 달려오자, 전사들이 가진 그 어떤 전투 기술도 무용지물이었다.

콰드드득!

충돌이 일었다. 수천의 전사 무리에 오백의 중기병이 달려들었다. 어떤 기병창에는 전사의 시체가 셋이나 꽂히기도 했다. 말발굽에 짓밟힌 전사들이 내장을 토하며 죽어갔다. 옆에 치이기만 해도 뼈가 으스러지고 부서졌다.

"돌-겨어어억!"

피를 본 돌레만이 투구가리개를 젖히며 외쳤다. 그들은 돌격이 끝나고도 기병창을 재보급받지 않았다. 그들은 기병창을 버리고 다른 무기를 뽑아 그대로 전진했다. 그들의 역할은 끊어진 제국군의 허리를 다시 잇는 것이다.

충돌이 끝나자마자 경기병이 따라붙으며 중기병을 보조했다. 중기병의 돌진은 아무도 막지 못했다. 야만인들의 시체로 만든 도로가 열렸다. 끊어졌던 제국군의 전방과 후방이 연결되었다.

"후욱, 후욱."

사미칸이 다시 감시탑을 올랐다. 그는 숨을 헐떡이며 상체를 구부린 채로 중기병대를 바라봤다. 중기병과 맞붙은 전사들이 속수무책으로 썰려 나갔다. 전투라기보다는 도살에 가까운 광경이었다.

"더 늦기 전에 후퇴 나팔을 불어라. 이 정도면 충분해."

사미칸이 눈을 질끈 감았다가 뜨며 말했다.

하지만 연맹만 희생이 큰 게 아니었다. 서부군단도 예상보다 훨씬 많은 피해를 입었다.

서부의 야만인은 만만하지 않다. 이걸 각인시키는 게 이번 전투의 목적 중 하나였다.

'각오한 희생이지만…… 속이 쓰리군.'

뿔나팔 소리가 세 차례 끊어지며 길게 퍼졌다. 부족의 전사들은 자신들이 지은 허름한 요새를 불태우며 뒤로 내달렸다.

화염과 연기 속에서 제국군은 도망치는 야만인들을 향해 욕설과 저주를 내뱉었다.

"군단장! 계속 추격하시오!"

귀족들이 예상 밖의 희생에 분노하며 말했다. 그들도 자신들의 사병을 많이 잃었다. 배치가 외곽이었던 귀족의 사병대는 전멸에 가까운 피해를 입기도 했다.

"그리 재촉하지 않아도 할 거요!"

비록 전투에서는 승리했지만, 오딘스트도 속이 쓰린 건 마찬가지였다. 그는 경기병들을 추스르며 연맹의 꽁무니를 쫓았다.

연맹군은 뿔나팔 소리를 듣고 뒤로 내달렸다. 야만전사의 퇴각 물결이 초원을 뒤덮었다.

제국군은 연맹을 쫓았지만, 경기병을 제외하곤 야만인의 행군속도를 따라잡지 못했다.

"저게 중기병이란 존재인가……."

사미칸이 부상을 입은 가슴을 움켜잡으며 뛰었다. 그는 중기병의 위력을 눈으로 보고 전율에 떨었다. 장정의 키를 훌쩍 뛰어넘는 강철 덩어리가 몰려오는 듯한 광경, 그 어떤 용맹과 뛰어난 전투기술로도 중기병을 저지하지 못했다.

최강의 병종이라 불리는 중기병 앞에서 야만인들은 처참하게 짓밟혔고, 지나간 자리에는 엉망이 된 시체들만 남았다. 배가 넘는 병력조차 중기병 앞에서는 무의미했다.

'무시무시하군, 노아의 경고 이상으로 대단해.'

말로는 몇 번이나 들었다. 하지만 눈으로 본 중기병의 위력은 사미칸의 예상을 아득히 넘었다.

연맹군은 중기병의 위력에 치를 떨었다. 연맹의 모든 전략은 맞아떨어졌다. 전략적으로는 연맹이 승리했으나, 중기병의 우직한 힘은 전략마저 파괴했다.

이번 전투는 연맹군만 충격을 받은 게 아니었다. 제국군조차 예상외의 피해에 크게 당황했다.

"도대체 어떻게 된 거요! 오딘스트 군단장!"

자신의 사병을 잃은 귀족들이 날뛰며 따지고 들었다. 오딘스트가 지평선을 바라봤다.

"아직 추격전이 남았소! 추궁은 나중에 하시오!"

오딘스트가 소리를 지르며 귀족들에게서 벗어났다.

'중기병의 피해도 크다. 고작해야 야만인들 상대로 많은 기사를 잃었어.'

오딘스트가 말을 타고 전장을 가로질렀다. 그는 장교들에게 피해상황을 들었다.

중기병대는 전략적 불리함을 역전시키기 위해서 무리한 돌격을 했다. 중기병은 기마창돌격과 후퇴보급을 반복하며 적의 전열을 파괴하는 병종이다. 적진 안쪽까지 들어가는 충격돌파는 적진을 충분히 와해한 후에 마무리를 짓는 전술이다.

하지만 이번 전투에서는 중기병들이 와해되지 않은 야만인들에게 둘러싸인 채로 싸웠다. 전투마도 수십 마리를 잃었으며, 중기병의 사상자가 오십여 명이 이르렀다. 중기병 대다수가 귀족자제와 정식기사라는 걸 생각해 보면 치명적인 피해였다.

교환비로 보면 제국군의 승리였으나, 원정하는 쪽은 제국군이다. 야만인의 땅에서 이런 식으로 싸우다가는 군단이 패할지도 모른다.

'지금 추격해서 피해를 더 입혀야 돼.'

오딘스트는 앞서가는 경기병들을 바라봤다.

경기병들이 신이 나서 야만인들의 꽁무니를 쫓았다. 그들은 부상을 입어서 느려진 야만인들의 목을 베며 소리를 질렀다.

"더러운 야만인들아!"

"우리가 간다!"

"냄새나는 엉덩이를 내밀어라!"

경기병들이 자세를 낮추며 박차를 가했다. 경기병은 말을 가진 평민이나 용병 출신의 제국병들인지라 입이 험하고 규율이 느슨한 편이었다.

"대족장! 말을 탄 놈들이 우리를 쫓아옵니다!"

연맹군은 꼬리부터 잘려 나갔다. 경기병들은 우수한 기동성으로 후퇴하는 연맹군을 괴롭혔다. 그렇다고 경기병과 교전을 벌이다가는 제국군에게 따라잡혀 더 큰 피해를 입는다.

"피르가모 전사들을 불러라!"

사미칸은 처음부터 후퇴를 예상했다. 제국군과 첫 교전에서 야만전사로 이 정도로 싸운 건 대단한 일이었다. 비록 패주하고 있지만, 연맹의 모든 전략이 맞아떨어졌다.

뿌우우우!

전사가 뿔피리를 불었다. 기다리고 있었다는 듯이 피르가모의 산양전사 삼백이 언덕 위에서 모습을 드러냈다.

사미칸은 추격전을 예상하고 산양전사들을 저지부대로 배치했다.

"존경하는 형제들이여, 오늘은 인간이 아닌 산맥 너머의 악령을 사냥하는 날이다."

가장 선두에 선 치카카가 말했다. 그는 피르가모 부족의 대표로 산양전사를 지휘했다. 피르가모는 소왕국 규모의 대형 부족이기에 연맹의 일원이기보다는 동맹군에 가까웠다. 피르가모는 위치로 보나 인종으로 보나 연맹군에서도 가장 이질적인 부족이다.

"자, 악령들의 손에서 나약해 빠진 멀대들을 지키자!"

"호우우우우!"

치카카와 산양전사들이 특유의 나무가면을 썼다. 그들의 눈동자가 가면 안쪽에서 번들거렸다.

전사들이 좌우로 벌어지면서 산양전사들의 길을 열었다.

전투산양은 공을 들여 키운 재산이다. 피르가모 부족에서는 어린 산양 중 덩치가 큰 놈을 선별해 오랫동안 굶긴 뒤에 고기 섞인 사료를 줬으며, 그중에서 육식을 받아들이는 놈들이 전투산양이 된다.

"저, 저게 뭐야!"

경기병들이 키가 작은 전사들이 타고 오는 산양을 보며 소리를 질렀다.

영양가가 높은 고기사료를 먹고 자란 산양들은 덩치도 커지고 근육도 더 단단했으며, 성격도 포악해졌다. 전투산양의 눈동자는 맹수처럼 사나웠다.

"악마의 군대다!"

산양전사들을 본 경기병들이 외쳤다.

피르가모 전사는 서부인들 눈에도 인간 사냥꾼이라는 악명이 달릴 정도로 특이한 부족이었다. 문명인들 눈으로 본 산양전사들은 전설 속의 괴물 같았다.

끼이이익!

산양전사들이 활을 당겼다.

그들은 두 종류의 활을 가지고 다녔는데, 하나는 목궁이고 하나는 소뿔로 만든 각궁이었다. 작은 체구로 강한 장력을 얻으려면 각궁을 써야 했으나, 우기와 건기가 뚜렷한 서부에서는 우기에 각궁을 운용하기가 힘들었다. 각궁에 습기가 차면 접착제인 아교가 풀어져 쉽게 망가진다.

하지만 오늘은 날씨가 맑고 건조했다. 산양전사들은 각궁을 사용했다. 그 위력은 같은 크기의 목궁보다 훨씬 강했다.

팅!

산양전사들이 화살을 쐈다. 그들은 체구가 작았기에 백병전보다 활을 선호했다. 산양전사들은 평생을 걸쳐 산양 위에서 활을 쏘는 법을 익혔다.

"카악!"

산양전사들이 쫓아오는 경기병 주변을 돌며 활을 쐈다. 경기병들이 속수무책으로 당했다.

제국에는 궁기병이라는 개념이 없었다. 말을 타며 활을 쏘는 건 엄청난 숙련도를 요구하는 병종이었고 키우기도 힘들었다. 더군다나 경기병들의 쇠뇌를 휴대함으로 궁기병의 역할을 어느 정도 대체했다.

"쇠뇌를 꺼내!"

하지만 쇠뇌는 장전이 느렸고 말 위에서는 더욱 힘들었다. 경기병들은 쇠뇌를 한 발 쏘고 나서 산양전사의 화살에 픽픽 쓰러져 나갔다.

"내 이름을 기억해라. 피르가모의 치카카다."

치카카가 활시위에 화살을 둘이나 먹여 쐈다. 갈라진 두 화살이 돌격해 오는 경기병 둘을 맞혔다. 백병전에 약한 산양전사들은 근접하는 적들을 향해 동시에 화살을 쏘는 방법을 익혔다.

핏!

치카카의 가면 옆으로 화살이 스쳤다.

산양전사들이 경기병들과 교전을 벌이는 사이에, 제국군의 경보병들이 달라붙었다. 그들도 장거리 무기를 쏴대며 산양전사들을 공격했다.

"퇴각하라!"

치카카가 소리를 질렀다.

산양전사들이 우르르 무리를 지으며 연맹군의 꽁무니에 따라붙었다. 전투에 참가하지 않았던 전투산양들은 아직도 다리에 힘이 남아 있었다.

반면에 전투부터 추격전까지 수행한 경기병의 말들은 지쳐 있었다. 경기병의 말들은 자신들보다 다리가 짧은 산양을 따라가지 못했다.

"악마다. 악마의 군대야. 아아, 루여……."

화살을 맞고 쓰러진 경기병이 피를 토하며 중얼거렸다. 화려한 색깔의 나무가면을 쓴 산양전사들은 문명인들을 공포에 빠뜨렸다.

치카카와 산양전사들은 엄청난 전공을 세웠다. 경기병들을 저지하는 역할을 넘어서 전투력으로 압도했다. 산양전사들이 추격대의 맥을 완전히 끊어버렸다.

'산양전사들은 우수하다. 유릭이 어떻게든 끌어들인 이유가 있었군.'

사미칸도 산양전사들이 세운 공에 감탄했다.

다른 연맹의 족장과 전사들도 합류하는 산양전사들을 보며 고개를 끄덕이며 인사했다. 그들이 작다고 무시하는 사람은 아무도 없었다. 산양전사들은 연맹군에서도 가장 무시무시한 전사 집단이었다.

연맹군은 제국군이 보이지 않을 정도로 퇴각하고도 계속 걸었다. 최대한 제국군에서 멀어져야 했다.

"모든 게 계략대로 된 거요? 사미칸?"

족장들이 불안한 눈동자로 물었다. 아무리 승리를 바라지 않은 전투였을지라도, 패주는 그들은 불안케 했다.

"계속 걸으시오. 끈기와 인내가 우리에게 승리를 가져올 거요."

사미칸이 가슴을 매만졌다. 그는 가슴에 박힌 화살을 빼내고 불로 지졌다. 쉬어야 하는데도 계속 행군을 하는지라 상처가 쉽게 낫지 않았다.

'내가 약해진 모습을 지금 보이면 끝이다. 전사들은 물론이고 족장들도 불안해하고 있어.'

사미칸은 일부러 당당하게 걸었다. 핏물을 삼키며 아픈 내색을 하지 않았다.

보름에 걸쳐 행군한 연맹군은 푸른안개 부족 마을에 도착하고 나서야 피해상황을 집계했다. 전사들은 그제야 긴장을 내려놓고 편히 쉬었다. 푸른안개 부족에는 연맹군이 비축해둔 식량이 충분했다.

"천인대 셋 규모의 병력을 잃었어."

노아가 연맹군을 둘러보고 나서 사미칸에게 보고했다.

"황무지를 건너간 벨루아가 돌아오면 그 정도 병력은 다시 채울 수 있을 거다."

사미칸이 가슴을 붙잡고 숨을 몰아쉬었다. 상처가 덧난 게 분명했다.

아직 연맹의 모든 군세가 모이지 않았다. 서쪽 멀리 떨어진 부족들까지는 사미칸의 영향력이 제대로 닿지 않았고, 붉은모래의 벨루아가 직접 징집을 위해 서쪽으로 갔다.

"제대로 치료부터 하는 게 좋겠군. 안색이 안 좋아. 육손이를 부를까?"

노아가 사미칸의 얼굴을 보며 말했다.

"큭큭, 그 음흉한 놈에게 내 치료를 맡길 순 없지. 차라리 바위도끼의 주술사에게 맡기는 게 나아."

사미칸이 낮게 웃으며 믿을 만한 주술사 하나를 불렀다. 사미칸은 꼼꼼하게 주술사의 치료과정을 하나하나 물어봤다. 그는 자신의 신변에 항상 신경을 썼다.

연맹은 항상 크고 작은 분란이 많았다. 당연히 사미칸을 적대하는 세력도 있었다.

'지금 내게 무슨 일이 있으면 연맹도 무너진다. 내가 곧 연맹이야.'

사미칸의 오만함은 사실이기도 했다. 사미칸은 연맹의 구심점이며 그 누구도 그를 대체하지 못했다.

"곧 비가 올 거다. 비가 우리의 흔적도 지우고 제국군의 행군도 늦추겠지."

사미칸이 습한 공기를 맡으며 퀭한 얼굴로 웃었다. 우기에는 한번 비가 쏟아지면 며칠 내내 비가 오기도 한다. 제국군의 발이 묶일 터다.

"유릭이 보급로를 끊었다면야 우리에게 승산이 있겠지."

노아가 사미칸 앞에 앉았다.

"고맙다, 노아. '우리'라고 말해줘서. 넌 고향의 군대와 맞서고 있지. 얼마나 고통이 클지 상상도 가지 않아."

사미칸은 노아를 신뢰했다. 노아와 유릭은 사미칸의 왼팔과 오른팔이었다. 그들이 없었다면 사미칸은 연맹을 만들지 못했다.

노아도 제국군과 맞서기 전에 많은 고뇌를 했다. 단지 드러나지 않았을 뿐이다. 하지만 그는 사미칸을 형제처럼 여겼고, 도움이 필요한 사미칸을 내버려 두지 못했다.

'사미칸은 다른 사람에게 약한 모습을 보이지 못한다. 대등한 형제인 유릭조차 경쟁자이기 때문이지.'

사미칸의 경쟁자도 아니며 권력을 두고 다투지도 않는 문명인 노아. 그는 누구보다 더 사미칸의 인간적인 모습을 많이 봤다.

"푹 쉬어라, 사미칸. 상처가 나을 때까지 잔걱정을 떨쳐."

"나도 그럴 수 있으면 좋겠네."

사미칸이 천막 안에 누우며 말했다.

노아는 밖으로 나가려다가 다시 사미칸 쪽으로 걸어왔다.

"내가 믿는 신의 부적이다."

노아가 자신의 태양 목걸이를 벗으며 내밀었다.

"네가 항상 말하던 태양신 루로군."

사미칸이 누운 채로 태양 장식을 위로 들어서 바라봤다. 서부에서는 태양을 숭배하는 부족이 거의 없었다. 서부인들은 태양보다는 하늘 그 자체를 우러러봤다.

"너와 함께 싸우는 게 루께서 안배하신 내 운명이라면……네게도 도움이 될 거다."

"그쪽 신에는 관심이 없지만, 너와의 우정으로 받아들이겠다."

사미칸이 목걸이를 걸치며 태양 장식을 매만졌다.

"그거면 충분해."

노아가 고개를 끄덕이며 사미칸의 천막을 나섰다.

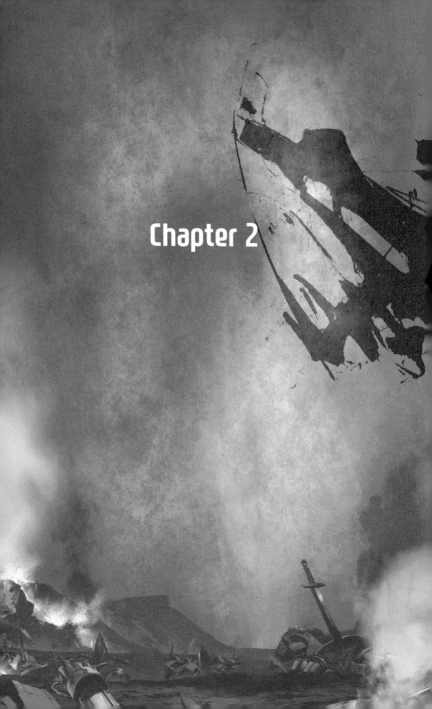

Chapter 2

협곡 위의 유릭은 하얀 입김을 내뿜으며 늑대모피를 덮고 있었다. 전사의 두툼한 살결이 갈라질 정도로 시린 칼바람이 유릭의 얼굴을 툭툭 때렸다.

"흠."

유릭이 칼자루를 품고는 아래를 내려다봤다. 반파된 야일루드 구간이 보였다.

'여길 지나가려면 반드시 협곡 위로 올라와야 하지. 하지만 여기서부터 서쪽까지의 사다리는 모두 부쉈다.'

사다리는 아르텐 전초기지 부근의 초입부에만 있었다. 유릭과 전사들처럼 산맥 중간을 거치지 않는 이상, 서부에서 아르텐 전초기지로 넘어오는 방법은 없다.

'넘어오고 싶으면 사다리를 새로 만들거나 다리를 잇는 보수공사를 해야 하지.'

유릭은 자신을 포함해 전사들을 보내 주기적으로 협곡 위를 정찰했다. 몹시도 힘든 일이었지만 혹시 모를 상황도 대비해야 했다.

'이제 아르텐 전초기지 상황을 제국이 눈치채지 못해야 한다. 그건 크게 걱정이 없어.'

지금 당장 제국이 전초기지 상황을 알아채더라도 병력을 보내는 데는 오랜 시간이 걸릴 터다. 아무리 빨라도 한두 달은 걸린다.

'전초기지의 물자도 충분해.'

원래라면 군단에 전달해야 할 보급품이 전초기지에 쌓여 있었다. 그거면 부족전사들과 노예 출신 자유용병들이 지내기에 충분했다.

"유릭, 말굽 소리가 들려."

전사 하나가 말했다. 유릭과 전사 다섯 명이 활을 꺼내 들었다.

"말을 탄 기병 셋."

전사들의 눈동자가 가늘었다. 그들이 활시위를 당겼다.

서부군단에서 보낸 사절이 다리 반대편에서 말을 타고 달려왔다. 그들은 쭉 달려오다가 끊어진 다리를 보고 욕설을 내뱉었다.

"도대체 어떻게 된…… 컥!"

전사들의 화살이 무자비하게 쏟아졌다. 말들은 놀라서 몸부림쳤고, 바닥에 떨어진 사절들은 피를 흘리며 기어 다녔다.

끼이익.

유릭이 밧줄을 내렸다. 그는 사다리 대신에 밧줄을 타고 오갔다. 밧줄을 타고 협곡과 야일루드를 오가려면 엄청난 체력이 있어야 했다.

"전투에서 누가 이겼지?"

야일루드로 내려온 유릭이 모피두건을 젖히며 물었다. 비교적 부상이 덜한 병사가 유릭을 향해 침을 뱉었다.

"너, 너는 누구냐!"

병사는 제국어가 유창한 유릭이 서부의 야만인일 거라 상상하지 못했다.

뿌득.

유릭이 병사의 몸에 꽂힌 화살을 더 깊게 박아 넣었다.

"카악!"

병사가 비명을 지르며 발발 뛰었다.

"다시 묻지. 누가 이겼지?"

유릭의 눈동자가 살벌했다. 그는 도끼를 뽑아서 병사의 발목을 잘랐다.

"으, 으어어아아아!"

등에 화살이 꽂힌 병사가 발목을 붙잡으며 비명을 질러댔다. 그의 발이 푸줏간 고기처럼 썩둑 잘려 나갔다.

"누가?"

유릭의 말이 더 짧아졌다. 겁에 질린 병사가 나오는 대로 지껄였다.

"다, 당연히 군단이 이겼습니다! 야만인들은 도망가기 바빴죠!"

"그렇군. 그럴 거라곤 예상했어."

유릭이 중얼거렸다. 애초에 정면승부로 이길 수 있었다면, 보급로를 끊는다는 발상을 하지도 않았다.

"제, 제발."

병사는 어찌 된 영문인지도 모른 채 목숨을 구걸했다.

유릭은 피가 묻은 도끼를 흔들며 고개를 저었다.

"미안, 기도해라. 시간을 주지."

"제발, 제발. 살려주십쇼."

유릭이 쪼그려 앉은 채로 도끼로 바닥을 툭툭 쳤다. 그는 병사가 마음의 준비를 하길 기다렸다.

"우리 모두의 아버지이신 루여, 부디…… 저, 저를."

병사가 울먹이며 기도했다. 유릭은 그가 기도에 집중하는 동안 슬쩍 도끼를 들어 올렸다.

콰직!

유릭은 단숨에 병사의 목을 벴다. 그는 전령으로 온 다른 병사들의 목도 베어서 허리에 매달았다.

유릭은 시체와 말들을 야일루드 바깥으로 던져서 밀어냈다.

"웃차!"

뒷정리를 끝낸 유릭이 허리에 머리통을 줄줄 매단 채로 밧줄을 타고 협곡을 올랐다. 다른 전사들이 유릭의 손을 잡아서 끌어 올렸다.

"매번 왜 놈들의 목을 가져오는 거야?

전사가 물었다. 유릭은 그저 웃으면서 병사의 머리통을 불태워 화장했다. 약식이나마 그들의 장례를 까먹지 않았다.

유릭과 전사들은 군단의 사절을 번번이 끊었다.

"연락이 끊겨서 애가 타겠지. 보급도 오지 않는 상황에서 말이야."

유릭이 히쭉 웃으며 끊어지지 않은 야일루드가 있는 협곡 부근까지 내려갔다. 그와 전사들은 그제야 이어진 사다리를 타고 편하게 야일루드를 통해 전초기지까지 돌아갔다.

제국의 업적이자 황제의 이름을 딴 개척로 야일루드는 전사들의 통제 아래에 있었다.

"게오르크, 서신 작성은 끝냈나?"

자신의 천막으로 돌아간 유릭이 말했다. 그는 따뜻한 욕조에 들어가 피를 씻어냈다. 핏물이 욕조 위로 둥둥 떴다.

천막 한쪽의 집무책상에는 게오르크가 앉아 있었다. 그는 서기관의 노예답게 글씨를 아주 잘 썼다. 그가 작성한 서신들은 누가 봐도 훌륭한 공문서였다.

'피 냄새.'

게오르크는 유릭이 천막에 들어오자마자 코를 움찔했다.

'야만인 유릭.'

유릭은 야만인인데도 굉장히 온건하고 문명인적인 사고방식을 가진 자였다. 적어도 분별없이 사람을 죽일 자는 아니라고 게오르크는 판단했다.

"끝냈습니다. 일단 이 정도면 속아 넘어갈 겁니다."

전초기지의 서부인들은 제국병사의 무구를 빼앗아 입고 있었다. 바깥에서 제국의 전령이 전초기지에 찾아오면 문밖에서 서신을 교환하고 보냈다. 다소 이상하게 여기겠지만 당장은 의심하는 이가 없을 터다.

"흠, 좋아."

목욕을 마친 유릭이 알몸으로 다가와 게오르크의 서신을 확인했다. 그의 몸에서 뜨거운 김이 모락모락 났다.

'어마어마한 몸이로군.'

게오르크는 유릭의 알몸을 보고 민망하기보다는 압도되었다. 흉터와 근육의 결이 구분되지 않을 정도로 엉망진창인 몸이었다. 유릭은 보통 사람이라면 몇 번이나 죽었을 상처를 입고도 살아남았다.

"엄청난 상처로군요."

게오르크가 중얼거렸다. 유릭은 움푹 파인 흉터들을 긁었다.

"흉터는 내 부적이지. 이런 부상을 입고도 죽지 않았다는 거잖아."

"분명 신의 축복이 있었던 거겠죠."

"그런 말을 자주 들었어. 가호니 축복이니 하는 말들 말이야."

유릭이 낮게 웃으면서 옷을 다시 주섬주섬 챙겨 입었다.

게오르크는 유릭의 배경에 대해 나름 추측했다. 문명세계에 대한 해박한 지식과 이해도를 봤을 때, 일찍이 산맥을 넘어 두 세계를 오간 사내였다.

"그나저나 넌 왜 여기 남은 거지? 다른 사람이면 몰라도, 너는 글을 읽고 쓸 줄 알아. 그런 능력이면 어디서든 밥벌이는 할 텐데?"

"누구에게나 사정은 있는 법이죠."

유릭은 더 이상 캐묻지 않았다.

게오르크는 어느새 아르텐 전초기지에서 중요한 인물이 되었다. 어떤 면으로든 기여한다면 그만큼 존중해야 한다.

서부군단의 식량사정은 최악으로 치달았다. 피해를 컸지만 어쨌든 그들은 야만인과의 전투에서 승리했다. 귀족들은 승리에 취했고, 군단장 오딘스트조차 병사들의 사기를 돋우기 위해 술과 고기를 아낌없이 베풀었다.

연맹군과 교전을 벌인 지 사흘이 지나서야 오딘스트와 장교들은 무언가 이상하다는 걸 느꼈다.

"아르텐 전초기지로 보낸 전령이 오지 않고 있습니다."

"보급마차도요."

오딘스트가 부관들의 보고를 받고는 이를 갈았다.

'설마 랜스터 공작이 내게 앙심을 품은 건가?'

그런 생각부터 먼저 들었다. 오딘스트는 랜스터 공작을 차갑게 대했다. 뒷방 늙은이 취급을 당한 랜스터 공작이 후방에서 흉계를 꾸몄을지도 모른다.

'아니야, 랜스터 공작은 그렇게 그릇이 작지 않아. 무엇보다 이번 원정을 망치면 우리 둘 다 폐하에게 죽을 게 뻔한데⋯⋯.'

오딘스트가 그렇게 생각하다가 다시 머리를 흔들었다.

'악에 받친 나머지 뒷일은 생각 안 하고 보급선을 끊어버린 건가? 여기에 있는 귀족들도 모조리 죽일 셈이냐?'

오딘스트는 믿을 만한 부하를 불러서 전령으로 보냈다. 말을 타고 야일루드로 건너간 부하들의 소식이 없었다.

그렇게 열흘이 지났다.

서부군단과 아르텐 전초기지 간의 소통이 전혀 없었다. 가장 먼저 초조해하는 건 귀족들이었다.

"군단장! 당장 회군합시다! 이대로 가다간 모두 굶어 죽겠소."

"뭔가 착오가 있는 모양입니다. 조금 기다려 봅시다."

오딘스트도 애가 탔다. 전투에 승리했는데도 보급사정 때문에 진군하지 못하고 산맥 아래에만 맴돌고 있었다.

오딘스트는 보병대 하나를 야일루드 쪽으로 보냈다. 그는 최대한 보급품을 아끼라고 명령했고, 경기병들은 열씩 나눠 서쪽으로 척후를 보냈다. 군단장으로 할 수 있는 처치는 다 했다.

모두의 예상보다 빨리 보병대가 돌아왔다.

"야일루드가 끊어져 있습니다! 협곡 위로 올라가는 사다리들도 모두 파괴된 채로……."

그 보고를 들은 군단은 충격에 휩싸였다.

"야일루드가?"

"다리가 없으면 우린 어떻게 돌아간단 말입니까?"

"조용히 하시오. 다리야 보수하면 되오. 그보다 끊어진 이유가 더 중요하오."

상황파악을 못 한 채로 서부에 고립된 귀족들이 동요했다.

'빌어먹을 귀족들.'

규율이 잡히지 않은 귀족들은 위계질서와 통제에 따르지 않았다. 하지만 그들은 힘을 가진 자들이었고, 오딘스트는 적당히 그들을 달래야 했다.

"일단 보수공사를 합시다. 병사들을 보내시오, 군단장. 보급 없이는 싸울 수도 없소."

오딘스트는 공병대를 편성해 끊어진 야일루드로 보냈다.

'랜스터 공작! 만약 보급로를 끊은 게 당신이라면 그에 걸맞은 대가를 치를 거요.'

오딘스트는 바득바득 이를 갈았다. 보급로를 끊은 게 누구든 세상에 있는 고통이란 고통을 죄다 맛보여 줄 생각이었다.

보급로가 끊어졌기에 서부군단의 발은 한참이나 묶였다. 전투가 끝나고 보름이 지났는데도 제대로 된 진군은 하지 못했다. 서부정복이라는 말이 무색할 정도였다.

"야만인들이 야일루드를 점거했습니다!"

야일루드를 보수하러 나갔던 공병대가 처참한 몰골로 군단에 복귀했다. 백 명의 공병대는 절반만 살아서 돌아왔다. 그들이 가지고 갔던 자재도 몽땅 잃어버렸다. 유사시에 공성병기로 쓸 자재들이었다.

"허, 협곡 위에서 수십이 넘는 야만인들이 활을 쏴댔습니다. 도저히 공사할 수가 없었습니다."

"야만인들이 야일루드와 아르텐 전초기지를 점거했단 말

인가?"

오딘스트가 무릎을 쳤다. 이제야 앞뒤가 맞았다. 하지만 한 가지 의문이 남았다.

'어떻게 산맥을 넘어 야일루드와 전초기지를 공격한 거지?'

야일루드 입구는 군단이 계속 지키고 있었다. 야만인들이 몰래 들어올 틈이 없었다.

"아마도 등반을 해서는 중간부터 내려간 듯합니다."

그것 말고는 야만인들의 이동경로가 없었다.

"산맥을 넘다니? 그게 가능했다면 우리가 왜 야일루드를 지었단 말입니까?"

이해하지 못한 귀족들이 질문을 해댔다.

먼저 말을 꺼낸 장교가 지도를 가리키며 야만인의 이동경로를 예상해서 그렸다.

"야일루드는 협곡의 절벽에 매달려 산맥을 관통한 다리입니다. 우리가 넘지 못하는 건 고도가 높은 봉우리들인데, 야일루드로 따지면 중간 부분에 해당하죠. 절묘하게 야만인들이 그 부분만 끊어놓았습니다. 아마도 야만인들은 그나마 고도가 낮은 능선을 타고 야일루드 중간부터 내려와 아르텐 전초기지로 향했을 겁니다. 그마저도 적잖은 희생이 있었겠죠."

장교의 설명에 귀족들이 털썩 주저앉았다.

"이, 이제 우린 돌아가지 못한단 말이오?"

"아르텐 전초기지가 완전히 함락당했다면 그렇겠죠."

"그래도 우리 쪽에 그나마 멀쩡한 야일루드에서 사다리를 재건해 협곡을 타고 올라가면 어떻습니까?"

"협곡을 타고 무작정 갈 수 있었다면 야일루드를 짓지도 않았죠. 지형이 험준하고 고도도 들쭉날쭉해 버티지 못할 겁니다."

"시도도 하지 않고 포기한단 말이오? 그러고도 제국군이란 말입니까?"

귀족들이 군단장과 장교들을 재촉했다.

"……제가 병력을 이끌고 등반해 보겠습니다. 협곡 위를 점령해 야일루드를 복구하는 동안 야만인들이 손도 못 대게 하겠습니다."

보병장교 하나가 나서며 말했다. 그 말에 귀족들이 영웅을 만났다는 듯이 소리를 질렀다.

"군단장감이 여기 있었군!"

오딘스트는 허락하기 싫었다. 저 보병장교는 보병대 다섯, 즉 오백 명을 이끌고 산맥을 넘겠다고 말했다. 만약 산맥을 넘어 야일루드를 복구하지 못한다면 치명적인 전력손실이다.

'지금은 내가 허락해야 하는 분위기다.'

유능한 부하의 작전을 가로막는 악당이 된 기분이었다. 귀족들의 눈초리가 따가웠다.

오딘스트는 부글부글 끓는 화를 가라앉히며 귀족들을 설득

하려 했다. 하지만 야일루드가 끊어졌다는 불안감 때문에 다들 제정신이 아니었다.

용감하게 나선 보병장교는 오백 명을 이끌고 산맥을 올랐다. 야만인들처럼 산맥 중간부터 내려가 야일루드 위의 협곡을 차지한다는 계획이었다. 협곡 위만 어떻게든 차지하면 야일루드 복구공사를 할 수 있다고 판단했다.

……그리고 오백 명의 소식은 없었다. 용맹은 산맥에 묻혔다.

서부군단은 그제야 깨달았다.

보급은 없고 그들은 고립되었다. 남은 건 전진뿐이다. 약탈을 통한 현지보급만이 그들이 살아남을 수 있는 유일한 길이었다.

'판단이 늦었어, 너무나 늦었다고.'

오딘스트가 머리를 쥐어뜯었다. 젊은 나이인데도 머리카락이 힘없이 뽑혀 나왔다.

이미 군단의 보급품이 바닥을 드러냈다. 더 늦기 전에 결단해야 했다.

서부군단은 야일루드 복구를 포기하고 서쪽으로 진군했다.

저벅, 저벅.

군단장 오딘스트가 마을 터로 들어왔다. 그가 붉은 망토를 휘날리며 황량한 마을을 바라봤다.

먼저 마을을 살핀 정찰병들이 오딘스트를 발견하고는 달려왔다.

"아무것도 없습니다."

보고를 들은 오딘스트가 주먹을 세게 쥐었다. 욕지거리를 참으며 부하들 앞에서 위엄을 유지했다.

"정말로 남은 게 없단 말이냐?"

"의도적으로 마을을 비우고 떠난 게 분명합니다. 깡그리 챙겨 떠난 흔적이 있습니다."

서부군단이 도착한 곳은 바위도끼 부족의 마을이었다. 한때 수천 명이 머물던 대부락이었지만 지금은 남은 게 없었다. 그저 버려진 항아리나 잘 다져진 집터만이 보였다.

원래 서부인들 대다수는 땅의 자원이 고갈될 때마다 마을의 터를 바꾸곤 했다. 사냥감은 물론이고, 주요가축인 염소를 키울 목초지도 자생할 때까지 기다려야 하기 때문이다. 부족 전체가 이동하는 건 짧게는 몇 년, 길게는 십여 년마다 있는 일이었다.

거대부족에 속하는 바위도끼 부족이 이주하는 건 드문 일이었지만 없는 일도 아니다.

'청야전술······.'

오딘스트가 아랫입술을 깨물었다.

방어측이 물자를 전부 비워서 적군을 말려 죽이는 청야전술.

'얼마나 준비한 거지? 우리가 산맥을 넘어 공격할 거라는 걸 언제부터 알았던 거야?'

오딘스트는 소리를 지르고 싶었다.

야만인들의 대비는 철저했다. 청야전술은 하루아침에 되는 게 아니다. 야만인들의 부족 하나하나가 따로 움직이지 않고, 거대한 연합을 이뤄 체계적으로 움직이고 있다는 의미였다.

'단순히 병력만 뭉친 게 아니다. 부족 수준을 넘은 지휘체계가 있어.'

야만인들은 고도의 전략전술을 구사했다. 의도적으로 보급로를 끊고 교전을 벌여 시간을 벌었으며, 부락을 통째로 비워 군단의 약탈보급을 막았다.

'이게 야만인의 전략과 전술일 리가 없어.'

실제로 오딘스트의 추측은 맞았다. 노아 아르텐의 존재가 아니었다면 아무리 사미칸과 유릭이 뛰어나더라도 이런 생각까진 하지 못했을 것이다. 문명세계에서 온 참모는 부족세계의 전략전술 수준을 몇 세기나 끌어올렸다.

"아무것도 없단 말인가······."

오딘스트는 귀족과 장교들의 얼굴을 보기가 무서웠다. 그들의 날카로운 책망이 벌써부터 등골을 찌르는 듯했다.

'내 잘못이라고?'

오딘스트는 누구나 납득할 만한 수준의 판단을 했다. 최악의 수를 둔 적이 없었다. 남부와 북부의 전례를 따라 정석대로 판단하고 행동했다.

단지 야만인들의 움직임이 오딘스트의 머리 위에 있었다. 명장이 필요한 시점에 범용한 장군이 범용한 전략을 썼을 뿐. 귀족들은 그러한 오딘스트를 탓했다.

오딘스트는 일단 바위도끼 부족의 터에 주둔했다. 그들은 섣불리 움직일 수 없었다. 확실히 보급할 수 있는 곳을 공격해야 했다.

식사 시간이 되자, 군단의 병사들은 두 번 구운 건빵을 녹여 먹듯 조금씩 삼켰다. 물자부족이 군단에 영향을 끼치기 시작했다.

"이곳의 야만인들도 자급자족했을 거다. 사냥꾼 출신들을 모아."

군단은 궁여지책으로 수렵과 채집을 했다. 하지만 사냥을 떠난 병사들은 짐승에게 부상을 입거나 길을 잃고 돌아오지 못하기도 했다. 희생에 비해 얻는 짐승의 고기는 너무나 적었다. 그마저도 귀족들이 차지해 병사들의 사기만 더 낮아졌다.

정찰을 보낸 경기병들은 돌아올 기미가 없었다. 지도조차 없는 초원은 제국군에게 가혹했다.

"군단장 각하!"

돌레만이 오딘스트를 깨웠다.

오딘스트는 선잠을 자다가 눈을 떴다. 그의 눈가는 검었다. 극심한 압박감으로 잠조차 제대로 자지 못했다.

"무슨 일인가? 돌레만 경."

"말들이 쓰러졌습니다."

오딘스트가 벌떡 일어났다. 그는 돌레만을 따라 주둔지 바깥으로 나갔다.

"크흠."

오딘스트가 코를 막았다. 말똥 냄새가 지독했다.

백여 마리가 넘는 말이 주저앉아 있었다. 꼬리에 묻은 말똥은 푸르죽죽했다.

군단에 속한 말은 구백 마리 정도였고, 사료가 떨어지는 건 순식간이었다. 급한 대로 초원의 풀을 먹인 말들이 집단으로 설사병에 걸렸다. 이곳의 풀이 속에 맞지 않던 탓이다. 설사병만 걸리면 다행이었고, 낯선 독초를 먹은 말들은 그대로 죽어 나갔다.

예상치 못한 상황이었다. 오딘스트가 쓰린 속을 매만지며 주저앉은 말들을 바라봤다.

"이대로 가다간 살아남는 말이 몇 없을 겁니다."

오딘스트는 기병들을 바라봤다.

"조금이라도 약해진 말들은 모조리 도축해라. 식량으로 쓴다."

"……알겠습니다."

돌레만이 고개를 끄덕였다.

서부군단은 이대로 무너지지 않았다. 그들은 없는 보급품을 아껴가며 힘들게 키운 전투마들을 잡아먹었다.

오딘스트는 질기디질긴 말고기를 으적으적 씹어가며 서쪽으로 진군했다. 귀족들도 지쳐 말 위에서 졸았다.

'야만인들의 예상보다 더 많은 거리를 움직여야 된다. 놈들의 마을을 급습해야 돼.'

오딘스트와 병사들은 답답했다. 싸우면 얼마든지 이길 자신은 있었다. 야만인의 전력은 이미 파악했다.

하지만 전쟁의 승패는 전투의 승패로 결정되지 않는다. 지금 서부군단은 지도 하나 없이 초원을 헤매고 있었다. 하루하루가 넘어갈수록 군단의 전력은 현저히 떨어졌다.

사흘이 더 지났다. 비가 자주 와서 행군은 더욱 힘들었다. 떨어진 체력에 비까지 맞으니 천하의 제국군이라도 버텨낼 재간이 없었다.

"이이이이 교오오오활한 놈들-!!"

오딘스트가 또다시 텅 빈 부락을 보며 소리를 질렀다. 위엄과 체면마저 날려 버린 분노의 일갈이었다. 그는 궁지에 몰렸다.

"병사들이 보고 있습니다."

부관이 오딘스트를 말렸다. 오딘스트는 터질 것 같은 화를 삼켰다.

'여기서 실패하면 단순히 내 죽음으로 끝나는 게 아니다.'

역사에 오딘스트는 영원한 패장으로 기억될 터다. 압도적인 우위를 가진 군대를 가지고도 개척에 실패한 사내. 야일루드를 야심 차게 넘던 사내는 더 이상 없었다.

"척, 척후는 아직도 연락이 없느냐!"

"돌아오지 못하는 자가 대다수이고…… 돌아온 자들도 발견한 게 없다고 합니다."

마음먹고 자취를 숨긴 서부인들을 찾기란 힘들었다. 우기인지라 흔적도 쉽게 사라졌다.

척후병조차 길을 잃고 돌아오지 못한 초원에서 군단은 진흙탕 같은 악순환에 빠졌다.

팅!

치카카가 목궁의 활시위를 놓았다.

아침까지 비가 쏟아졌었다. 오늘은 공기에 습기가 차서 각궁을 쓰지 못하는 날이었다. 하지만 쇠뇌를 쓰지 못하는 건 제국의 경기병도 마찬가지였다. 경기병이 쓰는 경량형 쇠뇌도 습기에 약한 아교를 접착제로 쓰기 때문이다.

"카악!"

치카카의 화살이 초원을 헤매던 제국 경기병의 말을 맞혔다. 낙마한 경기병이 부러진 발목을 붙잡고 땅바닥을 굴렀다.

"하악, 하악."

경기병이 칼을 뽑아서 다가오는 산양전사들을 바라봤다.

"저, 저리 가! 꺼져! 이 자식들아!"

경기병이 소리를 지르며 악을 썼다.

"뭐라는 거야?"

"새가 재잘거리는 소리 같은걸?"

산양전사들이 키득키득 웃었다. 그들은 경기병의 팔다리에 화살을 맞혔다.

"빌어먹을 난쟁이들. 악마의 사생아 새끼들!"

경기병은 숨을 헐떡이며 욕설을 내뱉었다.

치카카가 단도를 들어서 경기병의 팔다리 힘줄을 끊었다. 살짝 들어 올린 나무가면 밑에서 누런 미소가 드러났다.

"컥, 컥. 카아악."

가면을 쓴 산양전사들은 잔혹하게 경기병을 농락하다 죽였다. 경기병은 뱃가죽이 활짝 열린 채로 초원에 덩그러니 홀로 남았다.

으적, 으적.

산양전사들이 떠난 자리에 들짐승들이 몰려와 경기병의 시신을 먹어치웠다.

"휘유, 돌아가자고."

치카카가 휘파람을 불며 웃었다.

치카카와 산양전사들은 열 명씩 조를 짜서 초원을 정찰했다. 그들은 제국의 척후대를 종종 잡아냈다.

강인한 전사이며 사냥꾼인 그들은 보급 없이도 자급자족하며 초원을 돌아다녔다. 산양전사들은 군단의 정황을 살피는 정찰병의 역할도 하며 톡톡히 연맹에 기여했다.

산양전사가 세운 전공 덕분에 피르가모 부족의 위상은 어마어마했다. 피르가모 부족장은 연맹에 합류하지도 않았지만, 산양전사를 이끄는 치카카가 어지간한 부족장보다 지위가 더 높았다.

"산양전사들이 돌아온다!"

치카카가 정찰을 마치고 푸른안개 부족으로 돌아왔다.

연맹군도 벨루아의 합류로 다시 1만이 넘는 전사를 확보했다. 그러나 1만의 전사를 먹여 살리는 건 무척이나 힘든 일이었다.

버티고 버티는 건 서부군단만이 아니었다. 연맹군도 식량을 아껴가며 버텼다. 푸른안개 부족 주변의 야생동물은 씨가 마를 지경이었다. 더불어 연맹군은 청야전술 때문에 이주한 부족들을 지원해야 하는 의무도 있었다.

연맹도 비축한 자원을 바닥까지 끌어 써야 했다. 멀리 떨어진 서쪽 부족들에게는 약탈하다시피 자원을 징발했다. 원정이 끝난 지 얼마 되지 않아 사미칸에 대한 공포가 극심하기에 다들 군말 없이 자원을 내놓았다.

"우리도 빨리 결전이 날수록 피해가 적겠지."

사미칸이 이부자리에서 상체만 일으킨 채로 보고를 들으며 말했다. 그는 곪아버린 가슴의 상처를 매만졌다.

"하하, 그전에 네가 죽는 거 아니야?"

벨루아가 사미칸의 꼴을 보며 웃었다. 부상을 입은 사미칸은 주술사들의 약에 의존하며 버티고 있었다. 푹 쉬어야 하는데도 사미칸은 멈추지 않았다.

"형식적인 혼인이지만 걱정해 주는 척이라도 해주면 좋겠군."

"아이고, 그러셔?"

벨루아가 단도를 꺼내 훈제한 고기를 잘라 먹었다.

'여전히 사미칸의 권력은 대단해.'

벨루아는 고기를 씹어 먹으며 사미칸의 천막을 관찰했다. 안부 인사를 하러 오는 부족장들은 사미칸에게 아부하기 바뺐다.

'사미칸의 이름은 권력의 상징이지.'

벨루아도 사미칸의 이름을 대고 서쪽 부족들에게서 전사와 물자를 징발해 왔다. 말을 듣지 않으면 사미칸의 군대가 쓸어 버릴 거라고 으름장을 놓았다. 이미 그런 전적이 있기에 충분히 먹혀들었다.

'침략하는 외적을 막는다는 대외명분도 좋아.'

명분도 확실했다. 사미칸의 존재는 공포를 넘어서 경외의 대상이었다.

사미칸은 다시 부족회의를 소집했다. 기다렸다는 듯이 부족장들이 옷을 차려입고 모여들었다.

"산양전사의 말대로라면 제국군은 무척이나 지쳐 있소. 떼로 죽어 있는 말들도 발견했다고 하오."

호전적인 부족장들이 공격을 종용했다.

"좀 더 놈들이 약해질 때까지 버티는 게 낫지 않겠소? 한 번 경험해 봤지 않소이까. 놈들은 강하오."

반대하는 부족장들도 있었다. 말다툼에 가까운 말들이 오갔고, 통역들도 바쁘게 손짓하며 말을 옮겼다.

사미칸은 모든 부족장의 이야기를 듣고 나서야 입을 뗐다.

"노아, 너는 어떻게 생각하지?"

"아르텐 전초기지의 상황에 따라 다르지. 유릭이 언제까지 전초기지의 보급로를 끊을 수 있을지 몰라. 연락이 될 만한 상황은 아니니까. 만약 유릭이 전초기지를 뺏겨서 보급로가 이어지면 제국군은 힘을 되찾을 거다. 반면에 유릭이 오래 버틸 수 있다면 우리도 제국군이 더 약해지길 기다리는 게 좋겠지."

노아의 말은 정론이었다. 고개를 끄덕이는 소리가 여기저기서 났다.

두건을 깊게 눌러쓴 육손이가 손가락을 흔들며 끼어들었다.

"곧 건기가 올 겁니다, 대족장."

"벌써 말인가?"

사미칸이 인상을 찌푸렸다.

육손이는 잠시 몸을 파르르 떨며 천장을 바라보다 말을 이었다.

"……대지는 침략자들이 발을 딛고 있는 걸 좋아하지 않습니다. 땅이 메마르고, 하늘은 무심할 겁니다."

"그렇다면?"

"침략자의 피로 대지를 달래시지요."

육손이가 공격을 권했다. 날씨를 읽는 건 주술사의 영역이다. 만약 육손이의 말대로 건기가 가까워졌다면 그 말을 무시해선 안 된다. 서부에서는 건기와 우기의 방침이 완전히 다르다.

제국군이 궁지에 몰렸다는 말에 부족장들의 사기가 드높았다. 거기다 연맹의 고위제사장인 육손이마저 공격을 권유했다.

"출병까지 사흘을 주겠소. 준비하시오."

사미칸이 말하자, 부족장들이 벌떡 일어서며 소리를 질렀다.

부족회의의 결과를 바깥에서 기다리던 전사들도 그 반응을 듣고는 포효했다.

"공격이다!"

"공격을 한다!"

전사들이 날뛰며 그 소식을 사방으로 전했다. 패배를 곱씹던 전사들은 복수의 기회에 눈을 번들거렸다.

부족회의가 끝나고 사미칸이 육손이만을 따로 불러 천막 안에 남겼다.

쿵!

사미칸이 분노한 얼굴로 육손이에게 손을 뻗었다.

"커억, 컥."

사미칸이 육손이의 목을 붙잡아서 천막기둥에 처박아 들어올렸다. 육손이는 새파란 얼굴로 발버둥 쳤다.

"내 허락 없이 연맹에 영향을 미칠 만한 발언을 하지 마라, 육손이."

사미칸은 육손이의 발언에 몹시도 화가 났다. 회의에서는 그런 기색이 전혀 없었지만, 육손이는 이렇게 될 줄 알고 있었다.

"죄, 죄송합니다. 다, 단지 건기가 다, 다가왔다는 걸……."

육손이가 힘겹게 말했다. 사미칸은 손아귀의 힘을 조금 느슨하게 떨어뜨렸다.

"밑에 부하가 좀 많아졌다고 까불지 마라. 제사장 따윈 얼마든지 갈아치울 수 있어. 넌 아무것도 아니야. 이게 내 마지막 경고다, 육손이. 다음은 바로 행동으로 보여주지."

사미칸이 육손이를 내쳤다.

"커억, 이만 가, 가보겠습니다."

육손이가 비틀거리며 일어섰다. 그는 멍든 목덜미를 가리며 자신의 천막으로 돌아갔다.

'말은 저렇게 해도 날 쉽게 갈아치우지 못할걸.'

육손이가 어깨를 들썩이며 낮게 웃었다.

육손이는 남몰래 세력을 구축했다. 연맹의 전사들이 싸우는 동안 그는 주술사와 제사장들의 지지를 얻어냈다. 그걸 사미칸도 알기에 멋대로 발언한 육손이를 죽이지 않았다.

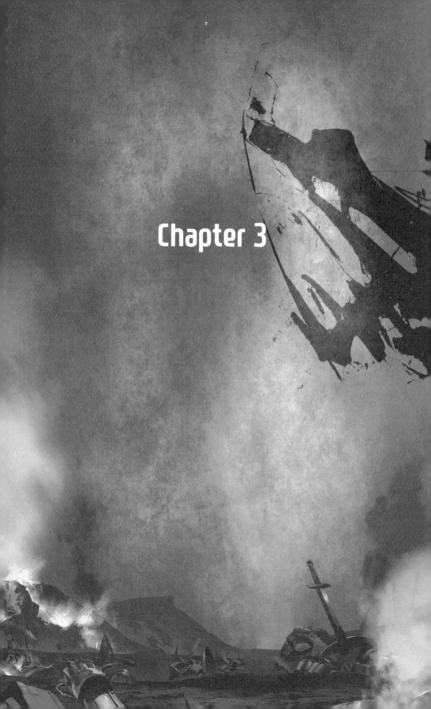

Chapter 3

말이 없는 기사, 걸어 다니는 귀족. 그게 군단의 상황이었다.

서부군단에 속한 전투마들이 픽픽 쓰러지며 기병편제가 불가능한 지경까지 이르렀다. 척후병들조차 말을 타지 못하고 나가는 경우가 대다수였다.

'기병이 가장 활약할 수 있는 초원에서 말을 쓰지 못할 줄이야.'

오딘스트가 허탈하게 웃었다. 그는 병사들보다 넉넉하게 먹는데도 뺨이 앙상하게 말라서 움푹 들어가 있었다.

"하, 첫 전투가 좋았지. 제국의 중기병들이 야만인들을 관통하는 모습이란!"

오딘스트가 혼잣말로 중얼거리다가 히쭉 웃었다. 그의 상태를 본 장교와 귀족들이 웅성거렸다.

"군단장의 상태가 좋아 보이지는 않구려."

"대신 지휘할 사람이⋯⋯."

"누가 말이오?"

다들 입을 다물었다. 패색이 짙은 상황에서 책임자가 되려는 사람은 없었다.

서부군단은 그저 초원에 붕 뜬 채로 방황하고 있었다. 그들은 그 어떤 대책도 없이 서쪽으로 걷고만 있었다.

"빌어먹을! 언제까지 걸어야 하는 거야?"

"젠장, 이렇게 행군하면서도 하루에 한 끼라고? 말이 돼?"

"말도 안 되지!"

하급병사들 사이에서 불만이 커졌다. 그들의 눈동자에는 핏발이 단단히 섰다. 극도의 피로와 굶주림이 그들의 자부심과 충성심마저 집어삼켰다.

"어차피 도망갈 곳도 없어. 여긴 아무것도 없는 지옥의 땅이라고. 정복할 가치도 없어!"

한번 떨어지기 시작한 사기는 한없이 떨어졌다.

"그래, 돌아갈 곳이 없지. 야일루드마저 막혔으니까."

제국군은 지금까지 현지보급을 한 번도 못 했다. 가는 곳마다 텅 빈 부락이었고, 사냥감은 군단의 숫자에 비하면 턱없이 부족했다. 더군다나 그들은 서부에서 생존하는 법을 모르는 문명인이었다.

"루여."

신의 이름을 불러봐도 하늘에서 음식이 떨어지지 않았다.

"히, 히이익!"

앞서가던 병사들이 소리를 질렀다.

"난쟁이 악마가 나타났다!"

군단 내에서 산양전사를 보지는 못했어도 모르는 사람은 없었다. 산양을 타고 다니는 키가 작은 야만인들.

티-잉!

산양전사들이 멀리서 화살을 후두둑 쏘고 도망갔다. 병사들이 발 빠르게 방패를 들며 대응해 피해는 거의 없었으나, 군단에서는 산양전사를 쫓아갈 기병이 없었다.

'살아남은 말조차 지쳐 있어.'

병사들조차 비싸디비싼 전투마를 비상식량으로 취급했다. 군단은 전투력 유지에 신경을 쓰지 못할 정도로 생존부터가 힘겨웠다.

"오딘스트 군단장! 지시를!"

귀족이 멍하니 있는 오딘스트에게 호통치듯 말했다.

"아, 아아. 전원 전투대열!"

오딘스트가 반사적으로 외쳤다.

'적이 그냥 놀러 온 건 아니겠지. 이쪽의 상황을 살피고 공격

할까 말까 결정하기 위해 정찰을 보낸 거다.'

오딘스트는 억지로 머리를 굴려가며 생각했다.

제국의 중보병들은 지친 와중에도 갑옷을 챙겨 입으며 전투를 준비했다. 전쟁을 업으로 삼는 직업군인다웠다.

귀족 소속 병사들은 소수의 사병을 제외하곤 징집병인지라 질이 형편없었다. 그들은 사기가 떨어져 움직임이 굼떴다. 지휘관들의 눈에는 느려터진 움직임이 훤히 보였다.

뿌우우우우!

저 멀리서 뿔나팔 소리가 퍼졌다.

지금 서부군단은 야만인과 붙으면 이길 수 있다는 자신감조차 없었다. 그저 살아남기만을 바라며 발버둥 치는 약자였다.

사기가 바닥을 기는 서부군단과 달리 연맹군의 기세는 첫 교전보다 더 높았다.

"사미칸! 사미칸!"

사미칸이 부족장들 사이에서 걸어 나왔다. 그는 가슴의 상처를 매만졌다. 숨을 쉴 때마다 누군가가 폐를 찌르는 듯했다. 죽을 상처는 아닌 듯했으나, 나을 상처도 아니었다.

'내 평생 업고 가야 할 업이로군.'

사미칸은 고개를 들었다. 그가 단상으로 올라가서 1만의 전사를 바라봤다.

"하늘이 내린 대족장!"

"사미칸이 우리와 함께한다!"

전사들이 사미칸을 바라보며 그를 찬양했다.

사미칸이 눈을 지그시 감으며 팔을 벌렸다. 가슴을 찌르던 통증도 씻은 듯이 사라졌다. 환희와 열망이 사미칸의 몸을 지배했다.

'나는 불멸의 영예를 얻어 전설이 된다.'

눈을 감았는데도 환한 빛이 보였다. 자신을 찬양하는 목소리들이 겹치며 머나먼 미래를 가리키는 듯했다.

몸을 휘어 감는 지독한 고통도 씻은 듯이 사라진다. 초원의 바람을 등지고 달리듯 몸이 가벼웠다.

"이 땅은 우리의 것이다!"

사미칸이 아픈 가슴도 잊은 채로 크게 외쳤다.

"형제들이여, 나와 함께하자."

사미칸은 큰 전투 때마다 앞장서서 싸웠다. 본질적으로 전사사회인 부족연맹에서 앞서 싸우지 않는 자는 존경을 받지 못한다.

"사미칸, 부상에서 회복되지 못한 몸으로……."

노아 아르텐이 사미칸 곁에 서며 속삭였다.

"시간이 지난다고 나을 상처도 아니다. 시기를 놓쳐선 안 돼. 나는 오늘 불멸을 얻을 거다."

사미칸의 결단은 확고했다.

사미칸이 전사들 사이를 가로지르며 가장 앞에 섰다.

"오, 오오오오!"

사미칸이 지나가자, 전사들이 무기를 부딪치며 함성을 내질렀다. 그들의 격양된 감정이 뜨겁게 공기를 데웠다. 알싸한 사내들의 체취가 뒤엉키면서 남아 있는 한 줌의 공포조차 마비시켰다.

"야만인들이 오고 있습니다!"

"방진을 유지해라. 수가 많아 봐야 야만인이다. 우린 무적의 군단이 아닌가!"

오딘스트가 애를 쓰며 외쳤다. 그렇게 말하면서도 스스로 확신이 없었다.

야만인 군대와 서부군단에게서 느껴지는 열기가 달랐다. 오딘스트조차 그걸 읽을 수 있었다. 승리를 확신하는 군대와 사기가 떨어진 군대 간의 차이는 확연했다.

연맹군의 병력이 약 두 배 정도 많았다. 수적으로는 우세하지만, 서부군단이 정상적인 상태였다면 회전에서 연맹군의 승산은 없었다.

"으, 으으으."

제국병사들이 방진을 짜고 어깨를 맞댔다. 방패 사이로 바라보니, 대지를 가득 채운 야만인들이 포효하며 달려오고 있었다. 당장에라도 무기를 버리고 도망가고 싶었다.

"버텨라! 놈들이 온다!"

병사들 사이에 있는 장교들이 목구멍을 짜내며 외쳤다.

드넓은 평원에서 마주한 두 군대가 정면으로 충돌했다. 그 어떤 계략 없이 맞붙는 힘싸움이었다.

쿠-웅!

군단과 야만전사들이 충돌했다. 비명과 포효가 하나인 것처럼 얽혔다.

"우아아아아아!"

야만전사들이 병사들의 방패 사이로 창을 찔러 넣었다.

"방패를 놓지 마! 놓지 말라고!"

제국병사들이 악을 쓰며 외쳤다. 방패가 하나 뚫리면 옆 사람들도 같이 죽는다.

모든 야만인이 무작정 돌격만 하는 게 아니었다. 통일된 발걸음이 초원을 둥둥 두드렸다.

저벅, 저벅, 저벅.

야만인들 중에서도 제식이 통일된 부대가 있었다. 방진훈련까지 받은 야만전사들이 줄을 서서 측면으로 돌아갔다. 그들은 묵직한 망치처럼 제국군의 측면을 두들겼다.

'야만인이라고 다 같은 병종이 아니야! 훈련 상태와 무장이 다르다.'

오딘스트가 눈을 크게 떴다. 마치 제국군처럼 방진을 형성한 야만인 부대가 군단의 왼쪽 측면을 찔렀다.

중앙에 밀집된 제국중보병들은 쉽사리 측면으로 이동하지 못했다. 중앙으로 오는 야만인들의 돌격을 막는 것만으로도 힘이 달렸다.

"지원이 필요하오! 군단장!"

귀족들이 외쳤다. 측면은 기동력이 좋으나 무장이 약한 경보병들이 있었다. 대부분 귀족의 징집병이다.

"우리 좌익으로 오는 야만인들이 정예병인 듯합니다. 그쪽의 기세를 꺾으면 승산이 있을 겁니다."

돌레만이 오딘스트에게 조언했다. 오딘스트가 손을 들어서 허락했다.

"뭣도 모르는 야만인들에게 제국의 힘을 보여주자!"

돌레만이 외치자 기사들이 무기를 높게 들며 호응했다.

전투마가 없는 기사들의 힘은 많이 꺾였으나, 그들은 평생 무술을 배운 자들인지라 일반적인 중보병들보다 훨씬 강했다. 그중에서도 전신판금갑주를 입은 강철기사들은 도보기사로도 무지막지한 전력이었다.

철컹, 철컹.

중기병이었던 도보기사 사백여 명이 전장으로 나섰다. 그들 중에서도 전신판금갑옷을 갖춘 기사는 백 명에 달했다.

"철갑옷들……."

방진부대를 지휘하던 사미칸이 눈을 가늘게 떴다. 저번처럼 말을 타진 않았지만, 전신판금갑옷의 위압감은 대단했다.

용맹한 전사들조차 다가오는 기사들을 보며 움찔했다. 기사들 상대로는 교환비가 너무나 안 좋았다. 그들의 빈약한 무기로는 기사들을 상대하기 힘들었다.

'유릭, 너라면 어떻게 하겠느냐.'

사미칸이 한쪽 입술을 비틀었다. 유릭은 훌륭한 전사다. 그 존재만으로도 전사들의 전투력이 올라간다.

"후우, 후우."

사미칸이 숨을 몰아쉬었다. 우직한 강철갑옷 앞에서는 그 어떤 전략과 전술도 무용지물이다. 똑같이 힘으로 받아치는 수밖에 없다.

"대족장! 위험합니다!"

전사가 앞으로 나오는 사미칸을 보며 말했다.

사미칸이 방진 앞에 섰다. 그는 가슴의 통증조차 잊은 채 웃었다.

기이잉.

갑자기 머리가 핑 도는 듯했다. 귓가가 먹먹하다. 사미칸은 하늘을 바라보다가 눈을 대지 쪽으로 돌렸다.

시미칸의 눈동자가 공허했다. 죽음에 대한 공포도 사라졌다. 마음이 평온했다. 저 기사들 사이에 몸을 던져도 죽지 않을 것만 같았다.

"하늘이여, 우리의 산맥이여. 나 사미칸을 위대한 자라 선택했다면 오늘 그 증거를 보여주시오."

사미칸은 평생 하늘의 점괘를 우습게 보며 살았다. 심지어 주술사들을 협박해 점괘를 조작했다. 부족사회에서는 천인공노할 짓이다.

하지만 사미칸은 하늘의 뜻을 거짓으로 내뱉고도 연맹의 수장 자리에 올랐다. 역설적으로 하늘의 허락을 받았다고 해석할 수도 있었다.

오늘 사미칸은 하늘의 허락을 정면으로 구했다. 그가 무언가에 홀린 것처럼 기사들을 향해 달려 나갔다.

"대족장 사미칸을 따르라!"

사미칸이 앞서 뛰자, 전사들의 행동에는 망설임이 없었다. 괴물과도 같은 강철기사들과 사미칸의 부대가 충돌했다.

"카아아악!"

사미칸이 비명 같은 포효를 내지르며 창을 깊게 찔렀다. 무모한 사미칸의 돌진이었지만 사슬갑옷을 입은 기사가 사미칸의 창에 찔려 쓰러졌다.

"대족장을 지켜라!"

기사들 사이로 깊숙이 들어간 사미칸을 지키기 위해 전사들이 몸을 날리다시피 했다. 사미칸을 공격하려는 기사들을 가로막으며 대신 죽어갔다.

"오오오오오!"

사미칸은 무언가에 홀린 사람처럼 싸웠다. 그는 죽은 기사의 철퇴를 뺏어 휘둘렀다. 묵직한 철퇴가 기사의 투구를 강타했다.

사미칸도 당연히 뛰어난 전사다. 전사의 역량이 없으면 부족장 자리에 오르지 못한다. 하지만 오늘 그는 자신의 역량 이상의 무언가를 발휘했다.

기이잉.

감각이 예민하다. 사미칸은 보이지 않는 방향에서 찔러오는 칼조차 피했다. 그가 기사의 옆구리를 철퇴로 세게 때렸다.

"으아아아아!"

기사의 투구에서 튀어나온 피가 사미칸의 얼굴에 튀었다. 새파란 전투화장이 피와 뒤섞여 기괴했다. 창백한 호수의 망자 같았다.

'내가 하늘의 선택을 받은 자라면 오늘 죽지 않을 터.'

냉소적인 사미칸조차 마지막에는 하늘의 가호를 원했다. 위대한 자는 인간의 힘만으로 만들어지지 않는다.

"오오, 대족장."

사미칸에게 서린 축복을 전사들도 보고 있었다.

사미칸은 가장 선두에 서서 무지막지한 기사들과 싸우는데도 상처 하나 없이 서 있었다.

전장에서 냉정하게 서 있는 자들은 없다. 그들의 이성은 핏물로 흐려지고, 격양된 감정은 시야를 가렸다.

사미칸을 지키기 위해 얼마나 많은 전사들이 몸을 던져 죽었는지는 보이지 않았다. 사미칸을 대신해 죽은 자들은 말이 없다. 단지 사미칸이 멀쩡한 몸으로 선두에 서 있다는 게 중요했다.

전사들은 사미칸에게 수많은 의미를 부여했다. 신성성이란 그런 것이었다. 해석의 여지는 무한했고, 무엇이든 긍정적으로 보이게 된다.

사미칸은 철퇴를 느슨하게 쥐고는 주변을 둘러봤다. 사미칸의 광기 어린 돌격에 따라붙은 전사들이 기사들을 격퇴했다.

'목숨을 도외시한 돌격.'

야만전사가 기사를 상대하려면 희생을 각오해야 한다. 희생을 두려워하면 오히려 피해가 더 커질 뿐이다. 궁지에 몰린 쥐가 고양이를 물 듯, 약자의 광기만이 힘의 관계를 뒤바꿀 수 있다.

죽은 기사들보다 훨씬 많은 전사의 시체에서 피비린내가 흘러나왔다. 사미칸은 피 냄새를 맡으며 눈을 치켜떴다. 그는 형제의 시체를 밟았다. 피로 그린 이정표가 사미칸이 갈 길을 가리켰다.

"보라! 우리의 대족장 사미칸은 상처 하나 없도다!"

사미칸의 측근이 외쳤다. 선두에 선 사미칸은 적의 피만 뒤집어썼을 뿐이다.

"하늘이여!"

전사들이 포효했다. 그들은 쓰러진 기사들의 투구를 젖히며 단도를 찔러 넣었다.

촤악!

어느새 피칠갑을 한 전사들이 기사들을 밀어내는 형세였다.

"이, 이 야만인들-!!"

돌레만이 울부짖으며 칼을 휘둘렀다. 베어도 베어도 야만인들은 끝이 없었다. 어찌나 많이 베었는지 사람기름이 칼날에 뒤엉켜서 뻑뻑한 느낌이 들었다.

"돌레만 경! 후퇴해야 합니다!"

"우리가 어디로 후퇴한단 말이냐!"

돌레만이 두 눈을 번들거리며 몰려오는 야만인들을 바라봤다.

"야만인……."

기사들은 떠올렸다. 한때 제국을 위협했던 북부의 야만인들. 죽음을 두려워하지 않으며, 자신의 목숨조차 도구로 삼아 형제의 칼날이 지나갈 길을 만들던 자들.

연맹의 전사들은 목숨을 아까워하지 않았다. 그들의 수장인 사미칸이 가장 앞에서 목숨을 내던지고 있다. 누가 감히 자신의 목숨을 중히 여겨 머뭇거리겠는가? 지금 목숨을 아끼는 건 부끄러운 짓이다.

"아아, 다시 시작이구나. 전쟁이여! 루여! 제국에게 영광을! 야만인들에게 루의 힘을 보여주소서!"

돌레만이 다가오는 야만인들을 보며 외쳤다. 그는 제국이 전력을 다하더라도 이미 정복이 쉽지 않을 거란 걸 직감했다.

"나를 베어봐라! 더러운 짐승들아! 이리 와서 내 강철갑옷에 생채기라도 내어보거라!"

돌레만이 생명을 짜내듯 칼을 휘둘렀다. 그의 칼이 일격에 근육과 뼈를 갈랐다. 그의 무용에 주변 기사들이 용기를 얻었다.

"우린 돌레만 경과 함께 싸우리라! 태양 만세! 황제폐하 만세!"

"아아아아아아!"

하나 기사의 충성이 초원에서 바스라진다. 마음가짐으론 전장의 승패를 바꾸지 못한다.

서부군단은 이미 풍비박산이 났다. 전의를 상실한 병사들이 자진해서 무기를 놓고 무릎을 꿇었다.

"오딘스트 군단장!"

귀족들이 애타게 오딘스트의 이름을 불렀다.

"하, 하하."

오딘스트가 칼을 뽑으며 공허하게 웃었다. 그는 몇 마리 남지 않은 말의 고삐를 잡아당겼다.

'내가 바랐던 건 이런 게 아니야.'

오딘스트는 어릴 적에 위대한 기사들의 이야기를 듣고 자랐다. 야만인들을 정벌하던 기사들은 그의 영웅이었다.

'나도 그런 기사가 되고 싶었다. 후세에도 존경받는 기사가······.'

오딘스트가 말을 타고 야만인들 사이로 뛰어들었다. 그가 칼을 크게 휘두르며 야만인들을 베었다.

"우오오오오!"

야만인들이 집단으로 달려들어 오딘스트의 말을 넘어뜨렸다. 낙마한 오딘스트는 아찔한 충격에 머리를 흔들었다.

"으아아아아아!"

오딘스트가 고함을 지르며 칼을 붙잡았다.

야만인들이 개미 떼처럼 오딘스트에게 달려들었다.

"커억!"

야만인이 오딘스트의 투구를 벗겼다. 오딘스트가 마지막으로 본 건 야만인의 도끼였다.

콰직!

자살에 가까운 돌격을 했던 오딘스트가 죽었다. 그 광경을 본 귀족들은 저항을 포기하고 하나둘씩 투항했다.

"크아아아아!"

투항한다고 모두 살아남는 건 아니었다. 피에 취한 야만인들은 투항한 병사들조차 무자비하게 찢어 죽였다. 그 자리에서 팔다리를 자르고 뱃가죽을 열어버리는 일이 다반사였다.

전사들의 광기를 막을 수 있는 자는 없었다. 아무리 규율이 잡혔을지라도 그들은 아직 야만전사였다.

사미칸은 고요히 전장에 서서 광기가 가라앉기만을 기다렸다. 들썩이던 사미칸의 어깨가 조용히 가라앉았다. 흥분과 도취가 잦아들자 온몸이 쑤셔왔다.

"쿨럭."

사미칸이 입을 가리고 기침을 했다. 그는 목구멍에서 피가 올라오는 걸 느꼈다.

'목구멍에서 피가 역류했다. 오늘 전투에서 부상은 없었거늘.'

사미칸은 자신의 몸을 살폈다. 그제야 가슴이 욱신욱신 아팠다. 망가진 몸으로 무리하게 싸웠다.

"큭, 큭큭."

사미칸이 피를 삼키며 웃었다. 그가 쥐고 있던 철퇴를 땅바닥에 내던졌다. 등에서 활을 꺼내 효시를 쐈다.

효시의 소리를 들은 전사들이 사미칸을 바라봤다.

"사미카아아안!"

사방에서 사미칸의 이름을 외쳐댔다.

"하늘의 전사!"

"위대한 사미칸이 승리를 가져왔도다!"

피투성이 전사들이 환호했다. 사미칸은 포로들을 바라봤다.

"오늘 우린 많은 피를 흘렸다."

사미칸이 팔을 늘어뜨린 채로 시체들 사이를 걸었다. 흥분을 가라앉힌 전사들도 형제들을 위해 묵념했다.

"……하지만 저들은 더 많은 피를 흘리게 될 거다. 불타는 대지와 처자식의 비명으로 우리의 땅을 침범한 대가를 치르리라. 다신 산맥을 넘보지 못하게 우리가 누구인지 똑똑히 보여줄 차례다."

사미칸이 창을 뻗어 동쪽을 가리켰다. 그가 거친 숨을 들이마시며 말을 이었다.

"형제들이여, 보았을 것이다. 나는 적들 사이에 뛰어들었으나 상처 하나 없이 이렇게 살아 있도다. 오늘 나는 내 목숨을 걸고 하늘의 계시를 받았다……. 그래, 하늘이 허락하셨다! 나 사미칸이 맹세하지! 우리는 산맥을 넘어갈 것이고! 저들에게 침략의 대가를 반드시 받아내겠다!"

문명인들은 사미칸의 말을 알아듣지 못했지만, 강렬한 어투와 손짓만으로도 그 의미를 알았다.

'이 미친놈들이 문명세계를 침략할 셈인가!'

문명인들이 어찌 생각하든 전사들은 사미칸의 연설에 고양되었다. 전사들은 근처에 있는 제국병사를 붙잡아 목을 베었다.

"침략자들의 피를 바쳐 하늘과 대지를 기쁘게 하리라!"

적의 머리를 높게 들어 올린 전사들이 외쳤다.

생포한 포로는 많았다. 이천 가까이 되는 포로들이 숨을 죽이며 야만전사들을 지켜봤다. 무기를 버리고 투항한 포로들은 목숨을 건졌다는 안도감에 숨을 겨우 돌렸다.

연맹군은 포로들을 질질 끌고 가까운 부족 마을로 향했다. 연맹군도 식량이 충분하지 않았기에 포로들 태반이 굶어 죽었고, 부상자들은 상처가 곪아 쓰러졌다.

연맹군의 주둔지에 도착했을 때, 이미 문명인 포로는 절반이 죽어 천여 명만이 남아 있었다.

여유를 되찾은 연맹의 전사들은 매일 밤 축제를 벌이며 무용담에 대해 떠들었다. 그들은 승리의 여운을 충분히 즐겼다.

노아 아르텐은 홀로 천막에서 기도했다. 그는 양심의 가책을 느끼며 흐느꼈다.

"태양신 루여, 저는 당신의 종입니다. 제 행동이 잘못되었다면 언제든 제 생명을 거두어 가소서."

노아는 사미칸과의 관계와 도리를 지키기로 맹세했다. 하지만 막상 포로로 붙잡힌 제국인들을 보자 밤잠을 이루지 못했다.

기도를 마친 노아는 사미칸의 부름을 받고 포로들이 모인 천막으로 들어갔다. 굶주리고 지친 포로들이 노아를 보자마자 눈을 부라렸다.

"비열한 배신자!"

"더러운 놈! 죽어서도 안식을 취하지 못할 거다!"

노아는 문명인과의 통역을 맡았다. 노아를 본 포로들이 온갖 욕설을 내뱉었다.

'아르텐 가문이라는 걸 밝히지 않는 게 좋겠지.'

가문에 누가 되는 짓을 하고 싶지 않았다. 노아는 천천히 포로들을 둘러봤다. 그는 귀족과 장교들로 보이는 자들을 골라냈다.

천 명이 넘는 포로를 일일이 관리하긴 힘들다. 중간관리자 역할을 할 포로들이 필요했다.

"지금 일어선 사람들은 따라오시오."

노아가 귀족과 장교 이십여 명을 뽑아서 사미칸에게 데려갔다.

사미칸은 공터의 의자에 앉아서 술을 마시고 있었다. 같이 술을 마시던 다른 부족장들도 노아와 포로들을 흘겨봤다.

"노아, 저들이 문명세계의 족장들인가?"

"비슷하지."

"그래, 그 '귀족'이라는 놈들이로군."

사미칸이 기억을 되새겼다. 그는 몸을 일으키다가 욱신거리는 가슴팍을 매만졌다.

'제대로 지병을 달았군.'

사미칸이 통증을 느끼며 쓰게 웃었다.

서부군단과의 전투 이후로 사미칸의 한쪽 폐가 망가졌다. 사미칸은 옛날보다 많이 뛰지 못했다. 조금만 움직여도 숨이 금방 차올랐다. 고통을 참으며 억지로 움직였다간 피를 한 바가지 토했다.

"노아, 통역해라."

사미칸이 의자에 앉으며 턱을 괴었다.

포로들은 무릎을 꿇은 채로 사미칸의 말을 기다렸다.

"더러운 배신자 녀석. 야만인 여자들에게 홀리기라도 한 거냐?"

포로 한 명이 중얼거리듯 노아에게 말했다. 노아는 들은 척도 하지 않았다.

키잉.

하지만 사미칸이 강철검을 뽑았다. 서부의 부족장들이나 이름 있는 전사들은 제국강철검을 전리품처럼 하나 정도는 가지고 있었다.

스경.

사미칸은 경고조차 없이 노아에게 욕설을 내뱉은 포로의 목을 베었다. 포로의 몸뚱이가 쿵 하고 넘어졌다.

"흐, 흐이이익!"

주변 포로들이 겁을 먹으며 사미칸을 쳐다봤다.

"무슨 말인지는 정확히 몰라도 노아를 향한 욕이라는 건 알겠군."

사미칸이 칼날에 묻은 피를 털어내며 웃었다. 그는 그간 노아에게 제국어를 배웠다. 말하는 수준까지는 이르지 못했으나, 귀는 어느 정도 트여서 욕설과 칭찬 정도는 구분했다.

포로들은 더 이상 노아에게 욕을 하지 않았다. 그들은 침묵하며 노아의 입을 통해 사미칸의 말을 들었다.

"우린 야일루드를 복구할 것이다."

사미칸의 말에 포로들의 눈이 커졌다.

제국군은 대다수가 뛰어난 병사이면서 숙련된 토목기술자였다. 제국군은 가는 곳마다 보급로를 닦았으며 필요에 따라 어디에든 요새를 건설했다. 남은 포로들에게도 야일루드를 복구할 능력이 있었다.

"맙소사, 루여."

"야일루드를 복구해 무슨 짓을 할 생각이오?"

포로들이 중얼거렸다. 사미칸은 그들의 의문에 답하지 않았다.

"협조하면 음식과 여자를 받을 것이고, 거절한다면 들짐승의 먹이가 될 것이다. 내 제안은 한 번뿐이다."

사미칸이 의자의 팔걸이를 툭툭 두드렸다. 그 소리에 포로들이 서로 눈치를 살피다가 하나둘씩 고개를 조아렸다.

사미칸이 만족스럽게 웃었다. 그의 권력은 승리를 통해 하늘을 찌를 듯 높았다. 그의 말 한마디면 뭐든 현실이 되었다.

사미칸은 독재권력을 바탕으로 모든 반발을 짓누르며 개혁을 진행했다. 서부의 부족사회는 신앙, 체제, 기술, 모든 면에서 빠른 변화를 겪을 것이다.

청야전술 때문에 흩어진 부족들도 자신들의 터를 되찾았다. 그건 야일루드와 가까운 바위도끼 부족도 마찬가지였다.

캉! 캉!

포로들이 위험천만하게 야일루드 위를 오가며 보수공사를 했다.

부족전사들이 멀찍이 떨어져서 공사하는 포로들을 감독했다. 포로들은 부서진 사다리를 새로이 협곡 위까지 올리고, 끊어진 다리들을 이었다.

아르텐 전초기지에도 승전 소식이 닿았다.

"정말로 우리가 제국군을 막아낸 건가…… 하핫."

유릭이 웃었다. 그가 직접 보급로를 끊었지만 사미칸의 공도 인정할 수밖에 없었다. 거대한 만큼 반발도 많은 연맹을 하나의 생물처럼 이끈 건 사미칸이다.

유릭은 당장에라도 야일루드를 넘어서 서부로 돌아가고 싶었으나, 전초기지를 비울 수 없었다. 문명인과 부족전사를 이어주는 연결고리가 유릭이다. 유릭이 없으면 전초기지가 마비된다. 머리가 좋은 전사들이 제국어를 배우고 있었지만 아직 걸음마 수준에 불과해 유릭을 대체하지 못했다.

유릭은 야일루드를 넘지 않았지만, 오히려 사미칸이 부족장들을 이끌고 아르텐 전초기지로 찾아왔다. 사미칸은 부족회의를 전초기지에서 하겠노라 선언했다.

"큰 공을 세운 내 형제를 빼놓고 부족회의를 한다는 건 말도 안 되지! 대지의 아들! 바위도끼의 부족장 유릭이 여기에 있지 않은가!"

사미칸의 말에 부족장들이 고개를 끄덕였다. 머리로는 유릭이 사미칸만큼 대단한 역할을 했다는 걸 이해했다. 단지 눈으로 직접 보지 못했을 뿐⋯⋯. 그들이 직접 본 건 전장에 선 사미칸의 위용이었다.

전초기지 입구에서 유릭과 사미칸이 마주 섰다. 두 사람은 평생을 함께해 온 형제처럼 서로를 껴안으며 팔뚝을 붙잡았다.

"나의 위대한 형제, 사미칸!"

"내가 아무리 위대해 봐야 모든 영령과 하늘의 가호를 받은 전사에 비하겠는가! 유릭!"

서로를 높여주는 말이 오갔다.

사미칸이 유릭의 어깨를 두드리며 귓가에 속삭였다.

"유릭, 나는 이제 정말로 하늘의 허락을 받았어. 이번만큼
은 거짓이 아니야. 난 정복자의 운명을 거머쥐었지. 내겐 그 어
떤 두려움도 없다. 너를 향한 두려움조차 말이야……. 이제는
진짜 형제가 되고 싶다."

사미칸의 말이 유릭의 심장에 닿았다. 애증의 저울이 기울
어질 듯이 흔들린다.

유릭이 입가를 비틀며 사미칸의 머리를 양손으로 잡았다.
다른 이들이 멀리서 보기에는 격렬한 우애를 표현하는 걸로
보였다.

"정말로 그렇게 생각한다면 행동으로 증명해라, 사미칸."

유릭이 느슨하게 손을 내려놓았다.

'내가 그렇듯이…… 사미칸, 너 역시 혼란스럽겠지. 우리가
서로를 믿어야 할지 말아야 할지 말이야.'

사미칸은 유릭을 빼놓고 부족회의를 할 수도 있었다. 하지
만 그는 굳이 아르텐 전초기지까지 주요 부족장들을 이끌고
와서 회의를 열었다. 이번에는 사미칸이 먼저 유릭에게 손을
뻗은 셈이다.

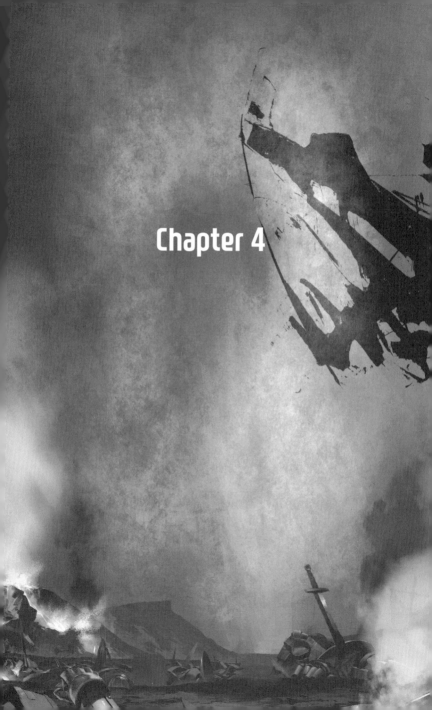

Chapter 4

흙냄새가 물씬 풍기는 사내들이 술집에 모여 떠들어댔다. 그들은 아르텐 전초기지에서 멀지 않은 마을의 주민이었다.

"요샌 제국군이 오지 않는군."

"안 오면 좋은 거 아닌가?"

"흠, 그렇긴 하지. 거, 이상한 다리를 짓는다고 사람이 죽어 나간다며?"

"푸줏간집 장남도 돈 벌고 오겠다며 갔다가 죽었어."

가끔 제국병사들이 마을에 내려와 인부를 모집하곤 했었으나, 이제는 그것도 석 달 전의 일이다.

"꺼억, 잘 먹었다. 오늘은 내가 내지."

배불뚝이 사내가 일어서며 말했다.

"또? 밭을 갈다가 금화 상자라도 발견한 거냐?"

"하하, 그랬으면 나도 좋겠네. 뭐, 잘 먹었으면 된 거지."

배불뚝이 사내는 그저 웃으며 술집을 나갔다. 그는 비틀거리며 자신의 집으로 돌아갔다.

"이 양반아! 또 술을 진탕 마신 거요?"

집 안에 앉아 있던 사내의 부인이 인상을 찌푸렸다.

"우리 복덩어리는 잘 먹이고 있소?"

사내가 킬킬 웃으며 의자에 앉고는 외투를 아무렇게나 바닥에 던졌다.

사내의 부인은 한숨만 쉬며 땅바닥에 떨어진 외투를 들어서 벽에 걸었다.

"여보, 아직도 꿈만 같군. 내 평생 금화를 이렇게 많이 쥐어볼 줄이야."

사내가 걸걸하게 말했다.

"차라리 그 돈을 받는 게 아니었어. 사람이 저렇게 나태해지다니……."

"허어, 그런 말 하지 마오. 하여튼 여물은 잘 먹였소?"

사내의 질문에 부인이 고개만 끄덕였다. 사내는 만족스럽게 웃으며 술을 한잔 더 마시곤 마구간으로 갔다.

"우리 복덩어리, 아니, 킬리오스."

사내가 마구간에 있는 말을 보며 말했다.

푸륵.

킬리오스는 사납게 눈을 빛냈다. 말 주제에 성질이 어찌나 사나운지 사내의 손을 받아들이는 데 한 달이 걸렸다.

'돈만 아니었으면 그냥 진작……'

사내는 어찌 됐건 킬리오스를 정성스레 돌봤다.

2년 전쯤에 한 부유한 전사가 사내를 찾아왔었다. 스스로 유릭이라 밝힌 전사는 금화 주머니를 주곤 말을 사내에게 맡겼다.

'말을 찾을 때는 이만큼의 금화를 더 주겠다고 말했었지. <u>흐흐</u>.'

사내는 단숨에 부자가 되었지만, 돈을 함부로 쓰지 않았다. 돈 자랑을 하다가는 강도가 들기에 십상이다. 영주의 귀에라도 들어갔다간 어떤 명목을 붙여서라도 재산을 몰수했을 터다.

'여차하면 말을 팔아도 되고.'

사내는 마당에 있는 그루터기에 앉아서 별을 바라봤다. 유릭이 주고 간 금화 주머니 덕분에 먹고사는 데 여유가 있었다.

차가운 밤바람 덕분에 술기운이 날아갔다.

저벅, 저벅.

발소리가 어둠 속에서 들렸다. 사내가 움찔하며 마구간 옆에 떨어진 쇠스랑을 붙잡았다.

조심해서 나쁠 건 없다. 성 바깥의 삶은 위험투성이다. 경비대가 순찰한다고 해도 강도와 도적을 모두 막진 못한다.

어둠 사이로 커다란 그림자가 움직였다.

"내 얼굴 기억해?"

야만인 유릭이 모습을 드러냈다.

"아아, 나리!"

사내가 쇠스랑을 떨어뜨리며 유릭을 반겼다. 유릭은 사내에게 행운을 안겨준 사내였다.

"약속대로 킬리오스를 잘 보살폈군. 군살이 붙을 정도로 잘 먹였나 봐?"

유릭이 천천히 마구간을 들여다봤다. 킬리오스가 낮게 울며 유릭을 반겼다.

"물론입죠. 가장 좋은 여물만을 먹였습니다. 제가 굶더라도 요놈만큼은……."

사내가 유릭 곁에 붙어서 아부했다.

"당연히 그래야지. 킬리오스를 학대하기라도 했다면 지금 댁의 목은 바닥을 구르고 있었을 거야."

"하, 하핫."

사내가 어색하게 웃으며 유릭을 쳐다봤다. 망토를 크게 두르고 있어서 돈주머니가 품에 있는지 보이지 않았다.

'도, 돈은 있는 거겠지?'

생각해 보니 상대는 정체도 모를 전사였다. 밤중에 농부를 죽이고 도망가도 누가 그를 잡겠는가? 성안에서 졸고 있는 경비대는 내일 낮이나 돼야 살인이 일어났다는 걸 알 터다.

"널 보니 그리워지는군."

유릭은 킬리오스의 주둥이를 쓰다듬으며 중얼거렸다.

'용병 유릭.'

그랬던 적도 있었다. 한때 유릭은 문명인들과 뒤엉키며 희로애락을 느꼈다. 그들과 교류하며 우정을 나눴다.

"세상일은 한 치 앞도 모르는 법이지. 안 그런가?"

유릭이 옆에 있는 사내에게 말했다.

"물론입죠. 그, 그런데 약속하신 그……."

"아, 알고 있어. 그래, 그게 가장 중요하지."

유릭이 망토 안으로 손을 집어넣었다.

사내는 잔뜩 경계하며 유릭의 손에 집중했다. 행여나 흉기라도 나오면 냉큼 도망갈 생각이었다.

스륵.

유릭은 금화 주머니를 꺼내서 사내에게 던졌다.

"가, 감사합니다! 나리! 복을 받으실 겁니다! 다, 다음에도 이런 일이 있으면 마, 맡겨만 주십죠!"

사내가 주머니 안을 확인했다.

'10만 길드짜리 금화가 수두룩해!'

생각보다 훨씬 많은 돈이었다. 사내는 유릭에 대한 의심을 거두곤 고개를 연신 숙였다.

"아, 그리고 킬리오스를 잘 돌봐줬으니 한 가지 경고를 해두지."

유릭이 안장을 얹으며 말했다. 금화를 세던 사내가 고개를 들었다.

"네?"

"오늘 밤 짐을 싸서 이 마을을 떠나."

"그게 무슨……?"

유릭은 대답하지 않고 킬리오스 위에 올라탔다. 그가 말을 타고 어둠 속으로 사라졌다.

짤랑.

사내는 멍하니 유릭이 사라진 방향을 지켜봤다.

'허튼 말 같진 않아.'

그는 집 안으로 들어가서 막 잠든 아내를 깨웠다.

"여보."

"우리 이제 밤중에 일어나서 그런 거 할 나이는 아니잖아요."

"그게 아니라 말이오……. 새벽이 오기 전에 여길 떠야 하오. 사냥꾼 오두막에서 하룻밤만 보냅시다."

"갑자기 무슨 말이에요?"

"방금 말을 맡긴 사내가 돈을 주고 찾아갔는데, 그 사람이 우리에게 여길 떠나는 게 좋을 거라 경고했소. 10만 길드짜리 금화를 서슴없이 던지고 가는 사내의 경고요. 무시하기엔 꺼림칙하지."

사내가 금화 주머니를 열며 들이밀었다. 돈을 확인한 부인이 벌떡 일어났다.

"역시 그런 돈을 받는 게 아니었어요. 말 하나 보관해 줬다고 그런 거금을 주는 사람이 어딨어요?"

툴툴거리면서도 부인은 옷을 챙겨 입었다.

농가의 부부는 열 살 먹은 아들을 업고는 야반도주하듯 멀리 떠났다. 그들은 마을에서 한참이나 떨어진 숲의 오두막에 들어가 밤을 보냈다.

"아, 아."

꾸벅꾸벅 졸던 사내가 눈을 뜨며 탄성을 내질렀다. 그는 자신의 마을에서 퍼지는 환한 빛을 바라봤다.

마을이 불타고 있었다.

연맹군의 동쪽 진군은 어쩌면 예정된 일이었을지도 모른다. 아직 농경이 정착하지 못한 서부는 언제나 자원부족에 시달렸다. 연맹이라는 이름으로 뭉친 군사력을 바깥으로 내보내지 않았으면 서로의 살을 뜯어 먹어야 했을 터다.

성에 속하지 않은 변두리 마을은 고작해야 천여 명 정도가 모여 산다. 영주가 종종 순찰 보내는 경비대가 치안병력의 전부였고, 마을의 질서는 청년단 같은 마을자경대가 맡았다.

부족전사들은 해가 뜨기 전이 가장 어둡다는 걸 알고 있다.

키잉.

멀리서 마을을 지켜보던 전사들이 무기를 들었다. 금속의 울림이 맑고 고왔다.

전사들의 무장상태는 과거보다 훨씬 좋았다. 거친 철로 만든 부족제 무구 대신에 질 좋은 철로 만든 제국제 무구를 썼다. 일부 상위계급 전사들은 강철무구를 착용하기도 했다.

'나는 형제들과 돌아와 이 땅을 밟고 있다.'

유릭은 킬리오스를 문명인 용병들에게 맡기고 다른 전사들과 나란히 섰다.

'이런 식으로 올 줄은 몰랐지만……'

유릭이 옅게 웃었다. 약탈과 파괴를 위해 전사들은 여기에 왔다.

"우리가 왔다는 걸 저들에게 알리자!"

전사들이 일어서며 외쳤다.

"오, 오오오오오!"

"오우!"

전사들은 무자비했다. 그들은 문명인의 침략을 받았다. 피의 보복은 당연한 것이다.

"유릭, 나설 필요 없다. 시시한 전투야."

사미칸이 싸우려던 유릭을 제지했다. 유릭은 태생이 전사였고, 눈앞의 형제들과 함께 싸울 생각이었다.

"시시한 전투라도 싸움은 싸움이지."

"이제 너와 나는 단순한 일개 부족장이 아니다. 난 대족장이고, 너는 내 형제이자 대지의 아들이지. 우린 전사들의 상징이다. 작은 전투에 일일이 참전했다가는 큰 전투에서 전사들의 사기를 끌어내지 못해. 작은 전투에서는 몸을 사리고, 중요한 전투 때만 나서서 유릭과 사미칸이 나올 정도로 큰 전투라는 느낌을 줘야 한다."

사미칸이 차분히 말했다. 유릭은 말을 느슨하게 떨어뜨리며 칼을 집어넣었다.

"그 말도 맞군."

유릭은 순순히 고개를 끄덕이며 인정했다.

'역시 사미칸에겐 배울 게 많아.'

사미칸은 유릭보다 경험이 많았다. 특히 시야가 넓어서 부족민답지 않게 정치모략에 능했다. 문명의 귀족사회에 던져두더라도 살아남을 모략가였다.

"와아아아아아!"

"우리가 왔다!"

"자비는 필요 없다!"

전사들이 포효하며 마을을 급습했다. 금방 마을이 불타오르고 사람들의 비명이 널리 퍼졌다.

"남자는 죽이고! 여자는 겁탈해라!"

새벽빛이 비치기도 전에 전사들이 마을을 점령했다.

"한심하군. 전사가 하나도 없는 건가? 이렇게 많은 사람들 중에서?"

유릭과 사미칸, 그리고 부족장들이 점령한 마을로 들어섰다.

전사들은 이미 재물을 챙기고, 도망가는 여자들의 머리채를 잡아 집 안으로 끌고 들어갔다.

"이들은 대부분이 농부야. 문명인들은 전문군인을 제외하곤 평생 무기를 잡아볼 일이 드물어. 어쩌다 징병되어 전장으로 끌려가 화살받이가 되는 정도지. 그마저도 평화기가 길어서 드문 일이 되었어."

유릭이 차분히 설명했다. 유릭도 제일 처음엔 다른 부족민과 똑같은 생각을 했다.

'문명인이 허약하다고 생각할 거다. 전사로서 따지면 틀린 말은 아니지. 장정 백 명이 모여도 싸우는 법을 모르는 이가 대부분이니까.'

유릭도 남자가 곧 전사인 사회에서 자랐기에, 전사가 아닌 문명인들을 보고 한심하다 여겼다. 하지만 문명세계에서 강하다는 의미는 근육과 철만을 말하는 게 아니다.

'지금 죽어가는 농부 하나하나가 수많은 생명을 지탱하고 있어. 혼자서 일가족 정도를 먹여 살리는 게 전부인 전사들과 다르다. 농부 하나가 다른 문명인들을 먹여 살리고, 농부의 곡식을 먹는 문명인들은 다른 분야에서 사회에 기여하고 있지. 그게 문명의 발전으로 이어진다.'

유릭은 그렇기에 농경에 집착했다. 농경이 정착한 문명사회는 유릭에게 늘 동경의 대상이었다. 농부들이 자아낸 황금빛 밀밭은 그 어떤 보석보다 아름다웠다.

문명인 용병들도 야만인처럼 약탈에 참여했다. 그들은 문명인이지만 교육수준이 낮은 노예 출신들이었다. 어차피 연맹군에 합류하지 않았어도 도적 떼나 되었을 자들이다.

저벽.

유릭은 광기와 혼란으로 가득 찬 마을을 가로질렀다. 그는 킬리오스를 맡아준 농가가 무사히 대피했는지 확인했다.

'짐을 싼 흔적이 있다. 내 경고를 알아먹었군.'

유릭은 약탈 따위에 양심의 가책을 느끼지 않았다. 약탈은 피를 흘려 밥벌이를 하는 삶의 방식 중 하나일 뿐이다.

"흐끄윽."

농가 바깥에서 뭔가 소리가 났다. 유릭은 도끼를 들고는 소리가 난 쪽으로 걸어갔다.

"제발, 제발, 제발."

한편에 놓인 나무통에서 중얼거리는 목소리가 들렸다.

드륵.

유릭이 나무통 뚜껑을 열어서 안을 확인했다. 나무통 안에서는 소녀가 벌벌 떨며 몸을 웅크리고 있었다.

유릭과 소녀의 눈이 마주쳤다. 소녀는 오줌을 지리며 기절할 것 같은 표정으로 유릭을 쳐다보고 있었다.

"……소리를 죽이지 못할 것 같으면 손등이라도 물어서 숨을 죽여라."

유릭이 그리 조언하며 나무통 뚜껑을 다시 닫았다. 하지만 흐느끼는 소리는 좀처럼 가라앉지 않았다. 전사들이 여길 온다면 저 소녀는 무사히 새벽을 넘기지 못할 터다.

유릭은 건너편에서 달려오는 전사들을 바라봤다.

"저기 저쪽으로 짐을 들고 도망가는 자들을 봤다. 쫓아가 봐, 뭐라도 있겠지."

유릭이 전사들을 향해 그리 말했다. 그는 주변의 벽을 부수고 가구를 내던지며 이 근처가 이미 약탈당한 것처럼 만들었다.

'내가 미쳤군. 의미 없는 짓이거늘.'

어차피 마을은 약탈당한다. 죽어가는 사람들이 수두룩했

고, 앞으로 이런 일은 수없이 반복될 터다.

'……하지만 저 소녀에게만은 의미가 있겠지.'

유릭은 눈을 감았다. 문명세계에서 배운 한 조각의 자비가 유릭의 천칭에 담겼다.

"야, 야만인들입니다! 야만인들이 나타나서 마을을 불태우고 약탈했습니다!"

후줄근한 사내가 영주 앞에서 엎드리며 말했다.

"야만인이 어디서 왔단 말인가?"

의자에 앉은 영주가 인상을 찌푸렸다. 그는 정오가 되어서야 일어난지라 아직 잠이 덜 깬 상태였다. 사소한 일에도 예민했다.

영주의 반응에 집사가 가까이 다가오며 귓가에 뭐라 속삭였다.

"영주님, 저번에 제국군이 물자를 요청한 적이 있지 않습니까. 그게 서부로 넘어가는……."

"서부의 야만인? 무슨 말도 안 되는 소리를!"

영주와 집사의 대화를 지켜보던 사내가 억울하다는 듯이 무릎으로 기어서 앞으로 나왔다.

"사납기 짝이 없습니다! 당장 닥치는 대로 죽, 죽이고 끄, 끔찍한 놈들입니다."

사내가 울먹였다. 그는 급습 받은 마을에서 탈출해 힘겹게 뛰어와 영주에게 보고했다.

"몇 명이나 되는 것 같더냐?"

"수천은 족히……."

그 말에 영주가 화들짝 놀라 일어섰다. 그의 영지는 소도시인지라 징집병력을 박박 긁어모아도 오백 명을 넘기기 힘들다. 상주하는 경비대는 고작해야 백여 명이었다.

"수, 수천이라고 했느냐?"

"마을 전체가 야, 야만인으로 뒤덮였습니다. 정, 정말로 끔, 끔찍했습니다."

사내가 덜덜 떨었다.

영주는 물론이고 가신들도 웅성거렸다.

"저 말이 사실이라면 당장 병력을 요청하는 서신을 써야 할 겁니다. 아직 시간이 있으니 주변 영주들에게……."

"그놈들이 잘도 도와주겠소? 내가 망하기만을 바라는 놈들이거늘."

봉건제에선 이웃영주는 서로 경쟁하는 사이다. 중앙정부의 명령이 없다면 도와줄 리가 없었다.

영주와 가신들이 토의하는 사이에 문이 발칵 열렸다. 경비대원 하나가 안으로 들어오며 외쳤다.

"정체를 알 수 없는 군대가 지평선 너머에서 나타났습니다!"

경비대원의 말에 사내가 비명을 질렀다.

"놈들이 왔다! 야만인들이 여기까지 쫓아왔어!"

사내가 발광하자, 주변의 병사들이 그를 붙잡으며 제지했다.

"이렇게 빠르게 도착했을 리가……."

영주가 벌떡 일어나서 가신들을 이끌고 성벽으로 올라갔다. 마을이 습격당한 지 반나절이 지났을 뿐이었다. 야만인들의 진군이 빨라도 너무나 빨랐다.

"맙소사! 장정들을 모으고 병기창고를 개방해라!"

영주가 야만인 군대를 확인하자마자 외쳤다. 지평선 끝에는 야만인들이 서성이고 있었다. 그 숫자는 눈대중으로 이천이 넘는 병력이었다.

"전령을 보내서 놈들이 원하는 게 무엇인지 알아보는 게……."

가신이 그리 말하다가 숨을 집어삼켰다. 이내 야만인 군대가 달려오고 있었다.

"오오오오오!"

연맹군의 전략전술은 속전속결이었다. 그들은 이천의 정예 전사를 뽑아서 강행군을 시켰다. 덕분에 영주에게 침략소식이 들어가자마자 군대를 보내 공격하는 게 가능했다. 서부의 야만인들은 그 어떤 보병보다 빨랐다.

영주는 대비할 시간조차 없이 이천의 야만인 공격을 막아내야 했다. 그러나 기껏해야 성벽을 오가는 경비대 수십여 명으로 이천의 병력을 막는 건 불가능하다.

"예상대로군."

연맹군의 진격을 지켜보던 유릭이 턱을 긁적였다. 이천의 정예만 빠르게 내보낸다는 건 유릭의 생각이었다.

'아무리 우리들의 기동성이 좋아도 1만이나 움직이면 굼뜰 수밖에 없다.'

1만의 병력을 그렇게 움직이려면 두세 배는 더 걸린다. 유릭과 이천의 정예전사들은 약탈품과 보급품을 뒤에 따라오는 부대에게 맡겼다. 그들은 무구와 최소한의 공성장비만 갖춘 채 이동했다. 원체 발이 빠른 전사들인지라 마을에서 도주한 사내가 소식을 전할 즈음 성 앞에 도착할 수 있었다.

유릭의 부대는 영주가 대비도 하기 전에 공성전을 시작했다.

"사다리를 걸쳐라!"

전사들이 사방에서 성벽에 사다리를 걸쳤다. 성벽 위의 소수병력만으로는 달라붙은 전사들을 전부 쳐 내지 못했다.

"그럼 나도 올라가 볼까!"

유릭도 사다리를 타고 성벽 위로 올랐다. 이미 야만인들이 병사들을 찢어발기고 성벽 아래로 내던지고 있었다.

"대지의 아들을 누가 막을쏘냐!"

전사들이 유릭이 따라붙은 걸 보고 외쳤다. 그들은 유릭과 함께 선봉에 섰다는 데 자부심을 느꼈다.

유릭은 성벽 아래로 홀쩍 뛰어내렸다. 이미 사람들은 도망가기 바빴다.

"흡!"

유릭이 도끼를 힘차게 던졌다. 도끼가 도망가던 병사의 등에 꽂혔다. 싸구려 사슬갑옷이 깨지면서 사슬의 파편까지 병사의 등에 박혔다.

"으, 으아아아아!"

병사가 어기적어기적 기면서 끝까지 도망가려 했으나, 금세 다가온 유릭이 도끼를 뽑으며 병사의 머리를 짓밟았다.

유릭은 무기를 든 자에게는 자비가 없었다. 병사와 전사는 자신의 목숨을 걸고 무언가를 쟁취하는 자들이다.

'목숨을 걸 각오도 없이 무기를 잡았다면 그거 또한 죽어도 싸지.'

유릭이 도끼에 묻은 피를 털어내며 다음 사냥감을 찾아 눈을 부라렸다. 이미 성안은 혼란에 빠졌다. 사람들은 짐을 싸서 도망가기 바빴다.

'우린 소식보다도 빠르게 진군한다.'

1만에 달하는 야만인의 침공을 막으려면 군단 하나는 새로이 조직해야 되는데, 아무리 황제의 권력이 강해도 하루아침에 군단을 뚝딱 소집하진 못한다. 소식을 듣고 군대를 소집하고 파견하는 데 아무리 빨라도 서너 달은 걸린다.

군단이 올 때까지는 지방의 영주들이 알아서 야만인의 침략을 막아야 한다. 사실상 불가능한 이야기다.

'그리고 군단이 오기도 전에 우린 랑케가트 왕국으로 간다.'

연맹군이 랑케가트 왕국을 초토화시킬 시간은 충분했다. 야만인 군대가 문명세계를 침략했다는 소식이 퍼질 즈음에 이미 연맹군은 랑케가트의 국경을 넘고 있을 것이다.

평균적으로 문명의 소도시는 도보로 이틀에서 사흘 거리, 어느 정도 규모가 있는 도시는 일주일 정도마다 있다. 연맹군의 기동력이라면 여행자들이 오가는 속도만큼 행군할 수 있었다. 적어도 일주일마다 인구 1만의 도시를 하나씩 부수고 다니는 셈이다.

'전쟁에서 이기는 방법은 여럿이다. 전투에서 이기는 것도 그중 하나일 뿐이지.'

유릭은 청야전술에서 많은 감명을 받았다. 전쟁은 단순한 전투의 연장선이 아니었다. 전투에서 패배할지라도 전쟁에서 이기는 방법이 있었다. 싸우지 않는 것 또한 전쟁의 방법이었다.

저벅, 저벅.

유릭은 영주의 저택으로 들어갔다. 그는 보물을 챙기던 영주를 발견했다.

"저, 저놈을 막아라!"

영주는 재산이라도 챙겨서 도망갈 생각이었다. 영주의 명령에 하인과 병사들이 유릭에게 달려들었다.

카앙!

유릭의 칼과 도끼가 대리석을 울리며 춤을 췄다. 달려들던 병사들의 팔다리와 머리가 천장으로 솟구쳤다.

키이잉.

유릭이 칼로 대리석 바닥을 긁으며 영주를 따라왔다. 영주는 보물을 흘리며 추하게 뛰어서 도망갔다.

"영주면 영주답게 굴어."

유릭이 떨어진 은주전자를 발로 걷어찼다.

"카악!"

은주전자가 영주의 머리와 부딪쳤다. 영주가 넘어지며 바닥 위를 뒹굴었다.

'보물? 도망?'

찰나지만 영주는 고민했다. 쏟아진 보물을 그대로 두고 가자니 가슴이 찢어지는 듯했다. 하지만 그는 살기 위해 다시 벌떡 일어나 뛰었다.

"영주는 이 땅과 백성의 통치자잖아, 이렇게 무책임한 모습을 보이면 안 되지 않아?"

유릭이 낄낄 웃으며 영주를 쫓아 복도를 걸었다. 그는 영주의 모습을 보고 화가 났다. 상대는 수많은 책임을 짊어지는 자리에 걸맞지 않은 소인배였다. 그런 자조차 부족장에 준하는 영주의 자리에 오른다.

"격에 맞지 않은 자리에 올라섰으니 죽어 마땅하지. 이게 내 판결이다."

유릭이 중얼거리며 도끼를 가볍게 던졌다.

"으, 으어아아아악!"

영주가 자신의 허벅지에 박힌 도끼를 보며 비명을 질렀다. 상처를 붙잡아보지만 지혈은커녕, 핏물 때문에 손바닥이 금방 뜨뜻해졌다.

"자, 이제 네놈의 신에게 기도해라."

유릭이 영주의 배를 짓밟으며 도끼를 뽑았다. 피와 뒤섞인 오줌 지린내가 바닥에서 올라왔다.

"나, 나를 살려주면 어마어마한 몸값을 받을 수 있을 거요! 내 지불하지! 어, 어떻게든! 제발 자비를!"

영주는 이 야만인들의 정체도 모르면서 목숨부터 구걸하고 봤다.

"자비는 내가 아니라 루에게 가서 구해라."

콰직!

유릭이 도끼를 휘둘러 영주의 머리를 반으로 쪼갰다. 피와 뇌수가 유릭의 얼굴에 튀었다.

유릭은 손등으로 얼굴을 쓱쓱 닦고는 창가로 걸어갔다. 도시가 불타고 있었다.

'나는……'

유릭은 안타까움과 쾌락을 동시에 느꼈다. 동경하던 문명을 부수고 있었다. 가슴이 쿵쿵 뛴다. 문명은 어차피 유릭의 것이 아니었다. 평생을 동경해도 그가 가지지 못한다. 살아생전에 부족이 문명 수준에 이르는 것조차 불가능했다.

'……질투.'

오랫동안 눌러가며 부정했던 감정. 도달하지 못한다는 걸 깨닫는 순간, 동경은 질투로 바뀌고 만다.

"빌어먹을."

유릭은 죽은 영주의 머리통을 걷어차며 욕설을 내뱉었다.

연맹군은 교차진격으로 진군속도를 극대화했다. 그들의 점령속도는 문명세계에서도 유례가 없을 정도로 빨랐다.

연맹군은 이천에서 삼천가량의 전사를 교대로 앞서 보내고,

후속부대는 약탈품과 보급품을 끌고 뒤따라갔다. 연맹군은 점령지에 머물지 않았다. 그들은 쉬지 않고 앞으로 나아갔다.

진군속도가 곧 점령속도나 마찬가지였다. 문명세계의 영주들은 야만인들의 소식을 듣기도 전에 야만인의 군대와 마주치곤 했다.

탈것도 없이 유목생활을 하던 전사들이다. 서부에서 평생을 뛰고 걷던 전사들의 도보기동력은 문명인들의 상식을 뛰어넘었다.

"완전히 미쳤군."

게오르크가 지금까지의 행군경로를 되새기며 경악했다. 옆에서 보고도 같은 보병이라고 믿기 힘들 정도였다.

게오르크와 문명인 용병들은 전투에 참여하지도 못했다. 그저 점령지 수습과 보급마차 운용을 맡았다.

"게오르크, 이것 봐봐! 흐흐, 금방 부자가 되겠는걸. 저 야만인들은 보물에도 크게 관심이 없어."

서부인들은 보물을 과하게 탐내지 않았다. 그들이 강렬하게 탐내는 건 더 좋은 무구뿐이었다. 서부인은 정착생활을 하는 민족이 아니기에 사유재산에 대한 욕망이 약했고, 문명세계의 보물에 대한 가치도 제대로 알지 못했다.

문명인 용병들은 자신들 손에 굴러들어오는 보물들을 보며 히쭉히쭉 웃었다. 약탈과 전투는 야만인들이 다 했기에 위험하지도 않았다.

"정말 대단한 놈들이야. 출정 한 달 만에 도시를 여럿 함락시켰어. 랑케가트 왕국이 코앞이다."

연맹군은 금방 점령할 수 있는 소도시과 마을 위주로 경로를 잡았다. 대도시는 아무래도 성벽이 높고 방어가 단단해 쾌속 진격하기에 무리가 있었다.

게오르크가 연맹군의 이동경로를 되짚어갔다. 이미 교차진격하는 선봉부대는 랑케가트의 국경을 넘고 있었다.

연맹군이 랑케가트의 국경을 넘을 즈음에서야 문명세계는 대응을 시작했다.

산맥을 넘은 약탈자들의 소식이 퍼져갔고, 영주들은 하나둘씩 야만인들에 대한 준비를 시작했다.

제국의 수도에서도 진작 서부의 약탈자들에 대한 소식이 퍼졌다. 문명세계의 사람들은 새로운 야만인들의 등장에 벌벌떨었고, 문명세계의 주인인 황제에게 보호와 조치를 요구했다.

Chapter 5

서부에서 온 약탈자의 소식은 제국의 황궁까지 닿았다.

"오딘스트 경의 연락은?"

"없습니다."

"랜스터 공작마저 행방을 알 수 없단 말인가?"

황제 얀키누스와 대면해 보고하던 기사가 고개를 숙였다. 주변에는 많은 귀족들이 양편으로 갈라져 서 있었다.

"서부의 야만인들이 산맥을 넘어 약탈하고 있는 걸 보면 뻔하지. 새로이 군단을 편성해라."

얀키누스가 애써 화를 눌렀다.

'이건 정말 예상 밖의 일이로군. 오딘스트가 햇병아리이긴 하지만…….'

오딘스트는 젊고 가능성이 있는 기사였다. 가문도 좋고 실력도 괜찮았다. 얀키누스는 오딘스트의 경험을 쌓게 해주기 위해 군단을 맡겼다.

'야만인들이 우리 제국군과 어느 정도나마 대등하게 싸우는 시기는 장비를 탈취하고 전술에 적응했을 무렵이다. 그것도 야만인들 간의 통합이 끝났다는 전제하에서지. 초반 교전에서 군단이 진다는 건 말도 안 돼.'

얀키누스만 그리 생각하는 게 아니었다. 정황상 서부군단이 야만인들에게 패배한 게 뻔했다. 그 사실을 들은 기사와 귀족들이 술렁였다. 유례가 없던 상황이다.

'많이 껄끄럽군. 노장들을 내보내기는 껄끄러워……'

얀키누스의 뇌리에는 유능한 장군들이 스쳐 갔다. 야만인과 오랫동안 대적해 온 노인네들.

'페르젠 노야가 죽은 뒤로 영감탱이들이 내 통제에서 벗어나려고 한다.'

얀키누스조차 쉽게 손대지 못하는 부류들이 있다. 제국군 내에 영향력을 가진 군벌귀족들이다.

얀키누스의 절대권력은 제국군이라는 절대적인 무력에 의존한다. 제국병사들은 황제에게 충성했지만, 그들의 지휘관 중 몇몇은 독립적인 성향이 있었다. 병사들의 존경과 신뢰를 얻는 노장들은 함부로 숙청할 수도 없는 존재다.

'노야가 살아 있을 적에는 그런 기미가 없었거늘, 큭큭.'

얀키누스가 속으로 웃었다.

검귀 페르젠은 노장들을 다 합친 것보다 영향력이 더 큰 전설이었다. 그런 페르젠이 황제의 후견인이었기에 노장들이 아무리 기를 써도 젊은 황제의 힘을 넘보지 못했었다.

'오딘스트를 잘 키워서 노장들의 기를 꺾어보려 했지만, 인생사는 생각대로 되지 않는군. 그러니 인생이겠지.'

얀키누스가 눈을 감으며 골몰히 생각했다. 이미 화는 가라앉았다. 분노는 사람의 시야를 좁게 만들 뿐이다.

'하지만 이대로 야만인들이 활개 치게 놔둘 수도 없는 노릇.'

황제와 제국의 위신과도 연관된 일이다.

황제는 문명세계의 주인이며, 모든 영주와 왕국의 보호자, 그리고 태양신앙의 수호자다. 얀키누스에게는 야만인들을 막아야 할 의무가 있었다.

"야만인의 규모는 보고마다 제각각입니다. 크게 잡아 십만 대군이라 말하는 자도 있습니다."

서기관이 각지에서 날아온 보고서를 읽으며 말했다. 서부 야만인에 대한 정보는 미지였다. 서부의 본토에 인구가 얼마이고 어떤 문화와 문명을 일궜는지는 그 누구도 모른다. 그걸 알만한 자들은 행방불명이거나 죽었다.

"십만대군일 리가 있나, 겁을 지레 먹고 과장해서 말하는 거겠지. 근래 보고에서는 많아야 2만 정도로 추정된다."

얀키누스는 황좌에 앉아서 신하들을 내려다봤다. 그의 눈동자가 차갑게 빛났다. 정복의 혈통은 아직 뜨겁게 뛰고 있었다.

얀키누스가 생각을 정리하곤 입을 열었다.

"말루안 경을 불러 야일루드와 서부정찰을 맡겨라. 우린 놈들의 본거지를 알아야 해. 일방적으로 공격당하는 건 내 취향이 아니거든."

서기관이 얀키누스의 명을 받아 적었다.

야만인들의 수가 얼마든 간에 그들은 일방적인 공세를 펼치고 있었다. 본토를 방어하지 않아도 되기 때문이다. 일방적인 공세는 전쟁에서 대단히 유리한 장점이다.

'서부의 야만인 군대는 점령지와 보급로 관리에 신경 쓰지 않아도 되고, 약탈을 거듭하며 진군만 하면 된다. 정복이 목적이 아니기 때문이지. 아마도 침략의 이유는 복수와 힘의 과시일 터다.'

그래서 까다로웠다. 야만인 군대는 문명세계 전역을 유린하러 온 대규모 별동대나 다름없었다. 본거지를 모르기에 뿌리를 뽑아내는 것도 힘들다.

'서부군단이 산맥을 넘어가서 당했다. 야만인들에게 군단을 이길 만한 뭔가가 있다는 거겠지. 확실한 정보 없이 섣불리 군

단을 다시 산맥 너머로 보내기도 힘들어. 일단은 산맥을 넘어
온 야만인들을 걷어내는 게 먼저다.'

얀키누스의 머리에서 온갖 생각이 오갔다. 수많은 정보의
흐름 속에서 그는 가장 적확한 판단을 해야 한다. 군주에게 가
장 중요한 건 판단력이다. 실무를 뛰는 건 수족들이 한다.

'군주는 이 세상에서 가장 뛰어난 장군이 될 필요는 없다.
그저 장군을 적재적소에 배치하는 판단력만 있으면 된다.'

얀키누스가 선왕의 가르침을 상기했다. 소년 시절의 얀키누
스는 들끓는 피를 해소하기 위해 말을 타고 뛰어다니며 사냥
하길 좋아했다. 선왕은 그런 얀키누스에게 황좌에 앉아 신하
를 다스리는 법을 가르쳤다.

"야만인들의 진군방향은 랑케가트 왕국입니다. 초토화되기
전에 조치를 취하는 게 좋을 듯합니다."

황실의 강철기사가 그리 말했다.

"이미 랑케가트도 대응을 하고 있겠지."

"야만인 숫자가 아무리 적게 잡아도 수천에서 1만은 확정적
입니다. 서부군단의 연락이 끊긴 전례로 봤을 때, 왕국 규모에
서 감당할 수준이 아닙니다."

랑케가트의 최대 동원병력은 기껏해야 다른 소왕국처럼 1만
정도다. 그것도 어중이떠중이 징집병까지 끌어모은 수치다.

"서부야만인이 북부야만인처럼 전사를 배출하는 민족이라

면…… 그 1만은 상당한 전투능력을 갖춘 숫자겠지. 하하, 야만인들이 자랑스러운 문명세계의 왕국 하나둘 정도는 갈아먹겠군. 그렇지 않나?"

얀키누스의 농에 신하 몇몇이 웃었다. 얀키누스는 그 신하들의 얼굴과 이름을 기억했다. 이런 농담에 웃는 놈들은 간신배일 게 뻔했다.

"……랑케가트 왕국이 이대로 초토화되는 걸 관망한다면 다른 속국들이 불만을 가질 겁니다."

"오, 카르니우스 경."

얀키누스가 수염과 머리가 희끗한 기사 하나를 바라봤다. 그는 카르니우스 가문의 가주이자, 페르젠의 명성에 묻혀 그림자로 지냈던 기사다.

카르니우스는 제국의 시작부터 함께해 온 명문가다. 황제의 결단에 반대표를 던질 수 있는 영향력이 있는 귀족이다.

"제게 군단장을 맡겨주십쇼, 폐하."

카르니우스가 나서자, 주변 귀족들이 박수를 치며 호응했다. 노련한 장군은 마치 시기적절하게 등장한 영웅 같았다.

'이래서 오딘스트 같은 젊은 애송이를 군단장으로 보냈거늘.'

얀키누스는 지금의 반응이 마음에 들지 않았다. 그는 충분한 권력을 가진 장군들에게 공을 세울 기회를 주고 싶지 않았다.

"상황이 좋지 않습니다. 벌써 서부의 야만인은 하나의 통합

체제를 이룬 듯합니다. 북부야만인들이 제국군에게 계속 밀리다가 어쩔 수 없이 통합된 것과 대조적인 상황이죠. 각개격파가 불가능한 시점에서는 힘으로 놈들의 주력군을 한 번에 부술 수밖에 없습니다."

카르니우스에겐 젊은 기사에게 없는 경험이 있었다. 경험과 선례를 바탕으로 어떻게 해야 할지 또렷하게 보고 있었다.

"계속 말해보게, 경."

얀키누스가 관대한 군주 흉내를 내며 독려했다.

"2개 군단을 더 편성하셔야 합니다, 폐하."

이미 군단 하나가 통째로 사라졌다. 이것만으로도 제국에게는 치명적인 타격이었다. 제국의 힘이 최고조로 달한 황금기였기에 별다른 반발 없이 넘어간 것이다.

서부군단이 사실상 전멸하면서 죽은 귀족만 백 명을 넘어섰다. 땅을 가진 영주와 기사들도 다수 포함된지라 국토의 혼란이 있었다. 지금도 지방영주와 죽은 아비의 아들들은 공백의 땅을 두고 싸움을 벌였다.

"2개 군단이라……."

얀키누스가 턱을 매만졌다.

행정관료들은 제국의 총동원병력을 약 4만에서 5만 정도로 추정했다. 제국군은 벌써 총동원병력의 1할, 즉 오천여 명을 잃었다. 그것도 제국상비군 이천오백 명이 포함된 병력이다. 현재 남아 있는 제국상비군은 약 팔천가량으로 3개 군단을 더 편성할 수 있었다.

"전령의 보고로 봤을 때, 야만인의 진군속도는 제국군의 약 두 배입니다. 야만인의 주력군이 군단 하나와 비슷한 전력을 가졌다고 가정한다면, 군단 하나로는 놈들의 진로를 차단하지 못합니다."

"2개 군단이면 놈들을 막아설 수 있다는 건가?"

얀키누스가 묻자, 카르니우스가 잠시 망설이다가 대답했다.

"군단편제를 오천이 아닌 일만으로 해주시면 가능합니다. 용병과 귀족들에게 소집령을 내려 오천의 병력을 각 군단에 덧붙여 주십쇼."

그 말에 신하들이 웅성거렸다. 2만의 병력을 동원하자는 말이었다.

"경의 말을 듣자 하니 쥐새끼를 잡는 데 소 잡는 칼을 쓰는 격이로군."

"사자는 토끼를 잡는 데도 최선을 다한다는 말이 있지요."

카르니우스가 황제의 말을 받아쳤다.

"2만의 병력을 동원한다는 게 무슨 의미인지는 경이 더 잘 알 거라 보네."

"야만인들은 이미 서부군단을 격파하고 여기까지 왔습니다. 놈들이 우리와 전면전을 한다면 다행이겠지만…… 기동력이

라는 자신들의 장점을 알고, 미꾸라지처럼 이리저리 빠져나가
려고 한다면 놈들의 발을 묶을 만큼의 대단위 병력을 나눠서
포위해야 합니다."

카르니우스의 말은 전략적으로 옳았다. 병력이 많을수록 많
은 전략과 전술을 쓰는 게 가능했다. 전쟁의 기본은 숫자에서
압도하는 것이다. 가용병력은 많으면 많을수록 좋았다.

하지만 정치가와 행정가들 입장에서는 징집병력은 적으면
적을수록 좋았다. 징집병은 평시에 사회를 견인하는 농부와
상인 같은 여러 직업을 가진 평민들이다.

아무리 튼튼한 국가일지라도 인구대비 징집비율이 높을수
록 사회와 경제가 무너지기 쉽다. 그래서 사회적 혼란을 막기
위해 제국처럼 잉여자본이 많고 안정된 국가는 직업군인인 상
비군을 다수 운용했고, 안정된 수입이 적은 왕국들은 전쟁 시
용병에 의존했다.

"카르니우스 경, 가을이 오기 전에 전쟁을 끝낼 수 있겠소?"

다른 귀족이 한마디 거들 듯 말했다. 귀족들은 자신의 영지
에서 사내들을 징발하는 데 거부감을 느꼈다. 가을이 왔을 때
일손이 부족하면 영지경영에 치명적이다. 문명인들끼리는 농번
기에 전쟁을 벌이지 않는다는 암묵적인 불문율이 있을 정도다.

하지만 야만인들은 그런 문명의 불문율 따위는 따르지 않
는다. 특히 농경에 의존하지 않는 서부인들은 그런 개념조차

없었다.

국가경영에서 가장 귀한 자원은 인구다. 전쟁과 내정은 그 한정된 인구자원을 서로 빼앗아 쓰는 관계다. 한번 인구가 크게 줄어들면 적어도 한 세대, 즉 30년은 재건에 힘써야 한다.

"가을이 오기 전에 전쟁을 끝낼 수 있냐고 물으셨소? 당연히 확답은 하지 못하오."

카르니우스가 귀족들을 둘러보며 말했다. 귀족들이 웅성거렸다.

"그런데도 우리들의 영지에서 병력을 끌어가겠단 소리요? 얼토당토않군."

친황제파 귀족들이 카르니우스를 비난했다.

"이런 말까지는 하지 않으려 했으나⋯⋯. 불필요한 서부개척에 국력을 소모한 쪽이 누구인가를 되돌아봐야 할 것 같지 않습니까?"

카르니우스가 눈을 가늘게 뜨며 말했다. 그 말을 들은 얀키누스는 얌전히 지켜봤으나, 친황제파 귀족들이 눈을 부라렸다.

"무엄하오! 개척은 당장의 이득이 아니라 미래를 위한 사업이오!"

"하하, 물론 그렇겠지요. 듣기로는 국고에서 흘러나온 돈이 포를카나 왕국으로 흘러가고 있다는 말도 있더군요. 황제폐하, 이것 역시 미래를 위한 사업투자겠지요?"

카르니우스의 비아냥에 얀키누스가 차갑게 웃었다.

"물론이네. 노인네들은 자신들이 죽은 뒤에나 빛을 볼 사업에 헛돈을 쓰는 거라 생각하겠지만 말이야."

그 말을 들은 친황제파 귀족들이 웃었다. 대부분 젊은 귀족이 주축이었다.

"지금 상황을 보니 헛돈이 아니라 돈을 쓰고 적을 불러온 셈이죠."

카르니우스가 아예 대놓고 말했다. 서부군단을 잃지 않고 개척에 성공했다면 황제의 말에 반박할 여지도 없었을 것이다. 하지만 황제의 개척행위로 제국은 위기를 겪고 있었다. 이어지지 않았을 세계가 이어지면서 새로운 적이 나타났다.

"……경의 요청을 윤허하겠네. 2만의 병력으로 야만인들을 토벌하게."

황제 얀키누스가 뜸을 들이다가 말했다. 카르니우스가 무릎을 꿇으며 고개를 숙였다.

'역시 위대한 혈통의 적자……. 업적에 대한 집착만큼은 양보가 없는 게 흠이지만, 사사로운 감정 때문에 필요한 일을 하지 않는 사내는 아니다.'

카르니우스는 자신이 비꼬아도 황제가 결국 청을 들어주리라는 걸 알았다.

'설사 랑케가트가 황폐화되더라도 야만인만 전부 토벌한다

면 대국은 안정될 거다.'

황제 얀키누스와 카르니우스의 생각은 같았다. 다소 출혈이
있더라도 지금 야만인들을 확실히 막아야 했다.

랑케가트 왕국 침공에 앞서 부족회의가 열렸다. 부족장들
이 하나둘씩 천막 안으로 들어왔다.

"저자가 왜 부족회의에 있는 거요?"

부족장 중 하나가 게오르크를 보며 말했다. 유릭이 웃으면
서 그 말을 게오르크에게 전달했다.

"너 따위가 이 자리에 왜 있냐고 따지는걸?"

유릭이 능청스레 말했으나, 게오르크의 다리가 미미하게 떨
렸다.

"당신이 저보고 오라고 하지 않았습니까, 유릭."

게오르크가 살벌한 부족장들의 얼굴을 흘겨봤다. 당장에라
도 칼을 들어서 게오르크를 찢어 죽일 기세였다.

게오르크는 부족회의에 참가하라고 말한 유릭이 원망스러웠
다. 눈빛만으로도 사람 여럿 죽일 듯한 사내들만 북적거렸다.

"게오르크 아르투어는 문명인 용병들의 대표다. 이 자리에
있을 자격이 있지."

상석에 앉은 사미칸이 게오르크의 이름을 똑바로 말했다.

"우리와 같은 민족은 아니지 않소."

"내 형제나 다름없는 친우인 노아 아르텐도 우리와 같은 민족이 아니지."

"그것과는 다른 문제요, 사미칸 대족장."

"다를 것 없다. 우리라고 처음부터 같은 민족이라 생각했던가? 원래 다른 부족이었으나 지금은 하나가 되었지. 함께 싸울 수 있다면 누구든 받아들이고 정당하게 대우할 것이다."

사미칸이 게오르크의 위치를 공인했다. 따지던 부족장도 입을 다물었다.

실제로 사미칸은 문명인들을 적재적소에 활용했다. 처음에는 포로였던 문명인들도 연맹군 내에서 일하고 있었다. 그리고 사미칸은 문명인에게도 정당한 대가를 지불했다. 떠날 기회를 줬는데도 자발적으로 연맹군에 남아 있는 문명인도 있었다.

사미칸은 덩치를 불리는 데 인색하지 않았다. 서로를 남이라고 생각하던 부족들도 하나로 엮었으며, 노아 아르텐이라는 문명인을 최측근으로 삼은 사내다. 그는 필요한 인재라면 누구든 연맹군 내부에 자리를 주고 대우했다.

"벨루아, 그쪽 상황은 어떠하지?"

사미칸이 칼로 사과를 깎아 먹으며 물었다.

벨루아는 사미칸의 부인이며 부족장이다. 그녀를 무시하는 사람은 더 이상 없었다.

"좋은 철을 만드는 법을 배우고 있어. '강철'까지는 무리지만…… 예전보다는 훨씬 질이 좋은 철로 무구를 만들 수 있지."

벨루아는 문명인 대장장이들과 교류를 했고, 붉은모래의 대장장이들은 문명인의 무구를 개조하고 뜯어고쳐 부족전사들의 몸에 맞는 무구로 바꿨다.

연맹군의 무장 수준은 야일루드를 넘을 때와는 비교도 되지 않았다. 도끼날은 더 이상 거칠지 않았고, 상체를 감싼 갑옷은 가죽을 덧댄 철제였다. 제국의 중보병 못지않은 무구를 갖춘 전사도 많았다.

'그나저나 강철은 도대체 어떻게 만드는 거지?'

벨루아는 보면 볼수록 강철에 매료되었다. 결과물이 눈앞에 있는데도 제련방법을 알지 못했다. 그녀의 최대 관심사는 강철제련법이었다.

강철은 제국공방의 기밀이다. 제국군이든 민간대장장이든 강철제련법을 아는 이가 없었다.

부족회의에서는 여러 사안이 오갔다. 사미칸이 가장 신경 쓰는 것은 부족전사의 교육이었다. 말을 타는 법과 공성술 등등 부족전사들이 새로 익혀야 할 기술이 많았다.

"지금처럼 교차 진격으로 랑케가르트의 수도까지 간다. 방어는 지금보다 단단하겠지만, 우리 쪽도 만만찮게 요령이 붙었으니 점령에는 어려움이 없겠지."

사미칸이 지도를 보며 진군 방향을 가리켰다.

부족장들이 고개를 끄덕이며 눈을 빛냈다. 거듭된 승리와 약탈로 기세가 오를 대로 올랐다.

"바로 수도까지 진격하는 것도 좋지만, 여길 놓쳐서도 안 됩니다."

게오르크가 용기를 짜내며 나섰다. 사미칸이 눈을 들며 노아에게 통역을 요구했다.

"거긴 우리가 가는 경로가 아니다. 군이 둘러 가서 공격해야 하는 까닭이 있나?"

게오르크가 가리킨 곳은 국경도시였다. 국경에 위치한 터라 제국과 이웃 왕국과 접점이 있는 도시다.

"국경도시 버니칼은 삼각무역을 하는 상업도시입니다. 여길 공격한다면 금방 연맹에 대한 두려움이 퍼져 나갈 겁니다. 그리고 남부에서 제국으로 올라가는 노예들은 대부분 버니칼을 거친다고 보면 됩니다. 노예시장 규모도 커서 언제 가도 노예를 많이 구할 수 있을 정도죠. 제가 그 노예들을 설득해 연맹군으로 끌어들이겠습니다. 저도 같은 처지였으니까요."

게오르크의 말이 사미칸과 족장들 사이로 전달되었다. 사미칸이 턱을 괴며 고개를 끄덕였다.

"필요한 병력은?"

"상업도시인만큼 방비가 탄탄하지만, 오천 정도면 충분할 겁니다."

사미칸이 다른 족장들과 병력분배에 대해 이야기했다. 버니칼을 공격하려고 연맹군 전체가 돌아가기에는 거리가 제법 멀었다. 그 사이에 랑케가트 수도의 방어준비가 끝날 터다. 적이 소집령을 내려 병력을 모으기 전에 점령하는 게 연맹군의 대전략이다.

"유릭, 빼줄 수 있는 병력은 삼천이다. 가능하겠나?"

사미칸은 중요한 일에는 항상 유릭을 중용했다. 특히나 문명세계에 와서는 그런 경향이 더 커졌다. 유릭은 문명세계에 대한 이해가 무척이나 뛰어났다.

유릭은 사미칸의 말에 고개를 끄덕였다.

"가능할지 말지는 지금 내가 판단할 수 있는 문제가 아니지. 진짜 문제는 그럴 의지가 내게 있느냐는 거다."

사미칸이 유릭의 말장난에 입술을 비틀며 웃었다.

"그래, 맡아줄 건가? 유릭."

"물론이지, 형제여."

유릭이 사미칸과 부족장들을 바라보며 자리에서 일어섰다. 그는 게오르크를 데리고 바깥으로 나갔다.

유릭은 삼천의 병력과 문명인 용병대를 이끌고 상업도시 버니칼로 향했다.

쩔그렁.

유릭은 금으로 만든 장신구들을 팔목과 손등에 걸쳤다. 그는 팔을 들어서 금빛을 멍하니 바라봤다.

"게오르크, 이 장신구들은 문명세계에서 어마어마한 가치를 지니고 있지."

"대단한 보물이죠. 사람의 목숨도 살 수 있을 겁니다."

"하지만 우리 세계에서는 염소 몇 마리를 사는 게 전부일 거야. 식량이 부족한 건기에서는 빛나는 황금도 길가의 돌멩이나 다름없지."

유릭은 상대적 가치를 느꼈다.

부족전사들은 문명세계의 보물들에 관심이 없는 경우가 많았다. 물론 본능적으로 보석이나 황금을 탐하는 전사도 있었지만, 문명인에 비하면 재물에 대한 탐욕이 적었다.

"건기에는 억만금을 주더라도 식량을 사지 못할걸? 쇠로 만든 칼을 들이밀어야 음식을 뺏을 수 있지."

"건기와 우기가 뚜렷한 혹독한 기후라니, 저는 상상도 못 하겠군요."

"우리가 왜 야일루드를 넘어 여기에 온지 알아?"

게오르크가 잠시 생각하다가 입술을 달싹였다.

"……복수 아닙니까?"

"복수라면 이미 충분히 했어. 우린 많은 문명인을 학살했지. 침입자도 진작 격퇴했고 말이야."

"힘의 과시?"

"그것도 어느 정도는 맞아. 다신 우리의 땅을 노리지 못하도록 똑똑히 힘을 보여주는 거지. 하지만 그런 건 명분이야. 명분만으로는 아무것도 얻지 못해. 실리가 항상 따라와야 하지."

유릭이 장신구들을 마차 위로 던졌다.

"실리라면 어떤 걸 말하는 겁니까? 유릭."

이번에는 게오르크가 적극적으로 물었다. 그는 유릭이라는 인물이 궁금했다.

'하늘산맥을 최초로 오간 자, 그렇게 야만인들이 말했지. 문명세계를 홀로 경험하고 고향으로 돌아간 사내. 모든 전사의 존경을 얻은 대지의 아들.'

연맹에서는 혈통도 출신도 큰 의미가 없었다. 중요한 건 그 직위를 수행할 능력이 있느냐 없느냐였다. 설사 족장의 아들로 태어나도 능력이 부족하다면 일개 전사가 될 뿐이다.

'연맹에서 지위가 있다는 건 곧 그만한 능력을 갖췄다는 증거가 된다. 혈통만으로 모든 걸 세습하는 귀족과는 달라.'

꽤나 많은 문명인이 자유를 찾을 기회가 있었는데도 연맹에 남아 있었다. 농부든 대장장이든 연맹에서는 기여하면 그에 걸맞은 대가를 받았다. 누구든 자신이 기여한 만큼 가져갔다. 그럴 수 있었던 까닭은 연맹의 주축인 서부인들의 탐욕이 적었기 때문이다.

아직 서부의 야만인들은 사유재산에 대한 열망이 낮았다. 야만의 폭력성 뒤에는 당장 먹을 음식만 있으면 만족하는 소박한 품성이 있었다.

"어차피 그대로 서부로 돌아가면 우린 또 끝없는 내전을 벌일 거다. 연맹이란 허울 좋은 껍데기지. 나와 사미칸은 물론이고, 다른 부족장들도 알고 있어. 건기가 되면 한정된 자원을 두고 또다시 다퉈야 하거든."

저번 건기에는 서쪽 원정을 통해 연맹의 통합을 유지했다.

"그렇게 서로 싸울 바에 힘을 바깥으로 뺀 거로군요."

"만약 다시 내전을 벌였으면 이전보다 더 처참했을 거다. 이미 같은 민족이라는 의식이 있는 상태에서 서로를 죽이는 셈이거든. 몇몇 부족은 서로 동맹을 맺어 더 약한 부족을 치겠지. 그런 식으로 인구와 부족이 줄어서, 남은 사람끼리 먹고살 만해질 때까지 끝없이 싸웠을 거야."

유릭은 농경에 한 가닥 희망을 걸었다. 하지만 농경이 성공할지조차 불투명했고, 작물재배에 성공하더라도 본격적인 농경사회는 아직 머나먼 일에 불과했다. 그전까지는 이전처럼 서로의 것을 빼앗는 아귀다툼의 연속이다.

"과연······."

게오르크는 문명인들이 모르는 서부인에 대한 정보를 알았다. 그들은 마냥 잔혹한 야만인들이 아니었다.

'애초에 침략을 시작한 것도 제국이지.'

게오르크와 유릭은 말을 타고 나란히 선두에 섰다. 승마를 배운 몇몇 부족전사도 어설프게 말을 타고 다녔다.

"이제 네 이야기도 해보지? 말도 탈 줄 알고, 글도 읽고 쓸 줄 알잖아? 어딜 가도 먹고살 만큼 대우를 받을 텐데, 왜 아직 여기에 남아 있는 거지? 아직까지 비밀인 거야?"

"어딜 가도 여기만큼 대우를 받지 못할 겁니다. 포상으로 황금과 보석을 받으며, 여자도 마음껏······."

"내가 알기론 넌 여자를 한 번도 안지 않았어. 포상으로 준 계집애들도 전부 거절했지."

유릭이 날카롭게 쏘아붙였다. 그 순간 게오르크의 표정이 굳었다.

'제기랄, 날 계속 감시하고 있었던 건가!'

갑자기 사람 좋게만 보이던 유릭의 얼굴이 무시무시했다.

"여자를 안지 않은 것도 잘못인 겁니까?"

유릭의 대답은 단호하고도 확고했다.

"남자가 여자를 안지 않으면 잘못된 거지."

"루의 가르침에 따르면 성욕은 절제해야……"

"하, 개소리하고 자빠졌네, 네놈들의 신앙 수호자인 황제조차 여자 없이는 하루도 못 사는 색정광이잖아. 루의 이름을 거들먹거리는 놈치고 거시기 간수 잘하는 놈은 보기 힘들더라고."

유릭이 낄낄 웃었다. 게오르크가 빨개진 얼굴이 쩔쩔맸다.

"대답하지 않겠습니다. 사람마다 사정이 있는 법입니다."

"게오르크 아르투어, 넌 주인의 부인을 탐해서 사형선고 받듯이 노예병으로 산맥까지 왔었지. 그리고 용기를 내서 부족 회의 도중에 조언했어. 네가 그렇게 연맹을 위할 줄은 몰랐는데 말이야."

유릭이 게오르크를 계속 파고들었다. 게오르크의 이마에서 식은땀이 흘러내렸다.

"그래서요?"

"정황상 생각해 봤는데, 버니칼은 네가 살던 곳이지? 널 전쟁터로 내몬 주인이 있는 곳 말이야."

"……정답입니다. 상품으로 뭘 드리면 될까요?"

게오르크가 한숨을 쉬며 말했다.

"기를 죽일 생각은 없어. 하지만 부하의 배경에 대해서는 어느 정도 알아야 되거든."

"부하……?"

"아르텐 전초기지에서 널 거둔 건 나야. 그러니 넌 내 부하지. 널 무시하는 자는 곧 날 무시하는 거나 마찬가지다. 앞으로 언제든 내게 말해라."

"저, 저는 이곳 사람입니다."

"문명인 부하를 두는 건 이번이 처음이 아니야. 문명인 친구도 있는걸."

게오르크가 눈을 크게 떴다.

어느새 해가 저물어 갔다. 부족전사들은 삼삼오오 모여서 근처 농가를 약탈하고 돌아왔다.

"문명세계는 참 좋아. 어디든 먹을 게 있으니까 말이야."

납치한 여자를 어깨에 둘러메고 곡식자루를 한 손에 든 전사들이 야영지로 돌아왔다.

"나는 평생 여기서 살 수도 있을 것 같다고. 여자고 음식이고 널려 있잖아."

전사들이 야영지를 꾸리며 키득키득 웃었다. 그들은 방금 평범하게 살아가는 일가족을 몰살시키고도 웃을 수 있는 사내들이었다. 그게 그들이 살아왔던 방식이었다. 남의 것을 뺏으며 살아가는 게 태연한 일상.

"루여! 저는 강간당하는 여성을 보고 모른 척했으며, 훔친 식량으로 끼니를 때우고 있습니다. 또…… 내일도 아마 같은 하루를 보내겠지요. 신전에 돌아가면 기부를 할 테니…… 불의에 눈을 감는 저를 용서하시옵소서."

게오르크가 자신만의 방식으로 기도했다. 그는 유릭과 같은 모닥불에 앉아서 식사했다.

유릭은 버니칼까지 가면서 종종 문명세계에서 겪었던 일들을 게오르크에게 말했다.

"거짓말 마십쇼. 댁이 왕족과 친구라면 저는 황제의 잃어버린 이복형제쯤 될 겁니다."

"진짜라니까. 내 입으로 말하긴 좀 그렇긴 한데…… 나 좀 유명한 사람이야."

"그게 사실이라도 자기 입으로 그렇게 말하면 추합니다, 유릭. 그런 허풍은 다른 사람들에게나 통하지, 저는 이래 봬도 꽤 배운 놈이라서 말이죠. 흠, 흠."

유릭은 게오르크의 머리를 쪼개 버릴까 말까 잠시 고민했다.

게오르크 아르투어는 과거를 회상했다. 기억의 첫 부분부터 그는 노예였다. 철창에 갇혀 벌벌 떠는 어린아이, 아마도 그는 남부인과 문명인의 혼혈이었을 것이다. 그의 어미는 남부인 노예였을 터.

서기관의 노예를 뽑는 과정은 굉장히 번거롭다. 어린 노예

중에서 숫자를 잘 세며 말의 이해가 빠른 아이들을 뽑아서 선임 노예가 가르친다. 한 달간의 교육이 끝나고 가장 성적이 우수한 몇 명만 서기노예가 된다.

'그 한 달 동안 죽자 살자 달라붙었지.'

운과 재능이 둘 다 있어야 서기노예가 될 수 있다. 어린아이들도 본능적으로 서기노예가 된다면 더 좋은 삶을 살 수 있다는 걸 알았다.

교육을 마친 게오르크는 대대로 서기관을 맡은 가문의 노예로 들어갔다. 게오르크는 자신의 주인을 도와 여러 일을 했다.

'훌륭한 주인이었지.'

서기노예들은 대체로 좋은 삶을 살았다. 서기관들은 대개 성정이 온화하고 노예에게 잘 대해주는 편이었다. 더군다나 다른 하인조차 서기노예들은 고급노예인지라 함부로 대하지 않았다. 오래된 노예들은 주인 대신에 대부분의 일을 처리할 정도로 중요한 인재였다.

게오르크는 서기노예 중에서도 능력이 뛰어나고 말재주도 좋아 큰 신임을 얻었다. 나이를 먹어 은퇴하더라도 노예장으로 편안하게 살 수 있을 게 뻔했다.

'노예로서는 완벽한 삶. 더할 나위 없는 출세.'

게오르크는 주어진 운명 내에서 가장 높은 곳에 섰었다. 그는 노력으로 다다를 수 있는 한계까지 올라갔다.

하지만 운명은 언제나 예상치 못한 곳에서 요동치는 법이다.

'아실마테.'

재가한 서기관의 새로운 부인은 젊었다. 손등조차 주름이 지기 시작한 서기관에게 아까운 여자였다.

'주인의 여자를 탐하는 건 금기 중의 금기.'

어지간한 잘못과 탐욕도 용서받는 게오르크조차 건드려선 안 될 금기.

'인간은 금기에 이끌리는 법이지.'

유릭이 금기를 어기고 하늘산맥을 넘었듯, 게오르크는 금기를 어기고 아실마테의 침실 위로 올라갔다.

아실마테는 진작 게오르크에게 끌리고 있었다. 짜릿한 광기가 젊은 남녀를 휘어 감았다.

아실마테의 달싹하고도 뜨거운 숨결. 부드러운 살결 위로 흘러내리는 땀방울.

'아실마테.'

게오르크는 아실마테의 얼굴을 응시했다.

"게오르크."

아실마테가 게오르크의 이름을 속삭였다. 게오르크가 사랑스럽다는 듯이 아실마테를 내려다봤다.

"게오르크!"

갑자기 아실마테가 소리를 지른다.

"일어나! 게오르크!"

아실마테의 얼굴이 서서히 기괴하게 일그러졌다. 일그러진 얼굴이 다시 펴지면서 유릭의 얼굴로 변했다.

"커어어억! 컥!"

게오르크가 깊은숨을 토해내며 상체를 벌떡 세웠다. 그는 자신을 깨운 유릭을 바라봤다.

"유, 유릭?"

"정신차려, 이 양반아. 지금 여기가 어딘 줄 알아?"

"네? 네?"

게오르크가 주변을 둘러봤다.

쾅!

커다란 돌덩어리가 옆으로 떨어졌다. 돌덩어리에 짓눌린 부족전사들이 비명을 질렀다.

"전쟁터……"

게오르크가 자신의 몸뚱이를 바라보며 말했다. 그는 칼과 방패를 들고 있었다. 주변에는 문명인 용병들이 소리를 지르며 앞으로 달려 나가고 있었다.

"정신 차렸으면 일어서! 고작 바위 하나가 옆에 떨어졌다고 혼절하는 놈이 어디 있어? 머리통이 깨져 죽은 놈들이 억울하겠다."

유릭이 게오르크의 뺨을 툭툭 치곤 앞으로 달려 나갔다.

게오르크는 상황을 완전히 파악했다. 유릭과 전사들은 도시 버니칼을 공격하고 있었다. 나름대로 규모가 있는 상업도시인지라 방어가 소도시나 마을보다 튼실했다. 성탑 위에 있는 투석기에서 바위가 계속 쏟아졌다.

'자칫하면 죽는다.'

여긴 전장 한가운데다. 머뭇거릴 시간이 없었다.

게오르크도 일어서서 전사와 용병들과 섞이며 달려 나갔다.

"오오오오오!"

부족전사들의 공성전은 단순했다.

사다리를 성벽에 걸친다. 오른다. 죽인다.

단순하지만 효율적이었다. 상업도시 버니칼은 성벽이 높은 편이 아니었다. 버니칼은 제국의 속국이 된 뒤로 삼각무역을 통해 번성한 도시인지라 평화를 오랫동안 누렸다. 외적도 지금까지 없었기에 성벽을 높게 지을 이유가 없었다.

카앙!

"야, 야만인들이 올라온다!"

성벽 위의 병사들이 공포에 질려 외쳤다.

서부인들의 무장은 문명세계에서도 평균 이상이었다. 제국군의 무구로 무장한 자도 수두룩했다. 강철흉갑과 투구 정도만 착용해도 전사들은 걸어 다니는 전투병기였다.

갑옷으로 심장과 머리를 보호한 야만전사들은 일격에 죽지 않는다. 팔다리의 부상 정도로는 멈추지 않는 야만전사들인지라 병사들에게는 끔찍한 공포였다. 야만전사는 치명상을 입더라도 자신에게 치명상을 입힌 병사를 죽이고 죽는다.

오랫동안 내륙에서 경비와 치안만 맡아온 병사들은 실전으로 단련된 야만인 군대를 막지 못했다. 무장의 차이는 미미했으나, 전투숙련도에서는 하늘과 땅만큼 차이가 났다.

"하늘과 대지에 피를 바쳐라! 하하하하!"

전사들이 병사의 머리카락을 잡으며 목젖을 벴다. 피를 땅바닥에 뿌리며 가슴을 펼치고 외쳤다.

이미 성벽은 전사들이 차지했다. 성벽이 뚫린 이상에야 도시는 함락이나 마찬가지다.

"저, 저놈은 뭐야아아아!"

남은 병사를 모아 전열을 다지던 경비대장이 소리를 질렀다.

성벽에 뛰어내린 거구의 야만전사 유릭이 병사들을 도륙하며 선두에 섰다. 그 위용에 병사들은 도망가기 바빴다.

유릭의 도끼와 칼날에 문명인의 머리가 뎅겅뎅겅 날아다녔다.

"유우우우릭!"

"대지의 아들을 따르라라아아!"

"키아아아악!"

전사들이 유릭을 따라 성벽 밑으로 뛰어내렸다. 유릭을 따라 하다가 발목이 삐거나 다리가 부러지는 전사도 속출했다. 하지만 사기만큼은 하늘을 찔렀다.

야만인의 전투방식은 속전속결. 몰아치는 공세에 병사들은 전열을 다지지도 못하고 죽어 나갔다.

"하아아아아!"

유릭이 칼을 힘차게 휘둘렀다. 그는 얼굴에 묻은 피를 닦아 내지도 않고 적들을 베기 바빴다.

"히이이익!"

병사들은 몰려오는 야만전사 중에서도 유릭을 가장 두려워했다. 그들의 눈에 유릭은 거인이나 다름없었다. 단순히 공포로 인한 착각이지만 보통 사람보다 세 배는 더 커 보였다.

'공포.'

서부의 야만인들은 공포를 이용했다. 제국치하에서 평화를 오랫동안 누린 문명인은 나약했다. 그들은 야만인들이 심어놓은 공포에 저항하지 못하고 굴복했다.

"오우! 오우!"

전사들이 병사들의 머리를 창에 꿰어 높게 치켜들었다. 도시의 사람들은 문을 걸어 잠그고 숨기 바빴다.

"루여, 우리를 지켜주시옵소서."

사람들은 기도했다. 야만인들의 침공과 공포로부터 벗어나기 위해 태양신의 이름을 웅얼거렸다. 집마다 놓인 작은 제단에서 촛불의 그림자가 일렁였다.

'사기의 차이가 많이 났어.'

성문 위에 선 게오르크가 숨을 헐떡이며 도시를 내려다봤다.

버니칼의 병사들이 사기가 높아 끝까지 저항했다면 삼천의 야만군대로는 쉽게 점령하기 힘들었을 터다. 하지만 성벽 위에 야만인들이 올라오자마자 병사들은 사기를 잃고 도망가기 바빴다.

'아군인 내가 봐도 무시무시하니까 당연한 거지.'

도시의 병사들은 기껏해야 도적이나 강도 떼를 상대해 본 게 전부다. 살육에 찌든 전사들을 막기엔 역부족이었다.

"성문을 통제해. 사람들이 나가지 못하게 막아."

게오르크가 성문을 닫으며 출입을 통제했다. 도시는 쥐 죽은 듯이 고요했다. 사람들은 집 안에 숨어서 나오지 않았다.

간혹 전사들이 집 문을 부수고 아녀자를 겁탈하는 정도가 소란의 전부였다.

"유릭, 전사 몇 명만 빌려주실 수 있습니까? 다녀올 곳이 있습니다."

전장을 어느 정도 수습한 뒤 게오르크가 그렇게 말했다.

"볼드! 나를 대신해 지휘를 맡아라!"

유릭이 볼드에게 지휘를 맡겼다. 볼드는 고개를 끄덕이며 유릭을 대신해 전사들에게 명령을 내렸다.

"약탈이 끝나면 서쪽부터 불을 질러라. 다신 재기할 수 없게 부숴 버려."

볼드가 눈을 빛내며 외쳤다. 그의 입가가 쾌락으로 움찔했다.

'창천의 영광이여.'

전사들은 사미칸과 유릭 같은 영웅들과 함께 업적을 이룩하고 있었다. 역사에 남을 위대한 원정에 가슴이 벅차올랐다.

유릭은 게오르크의 어깨를 툭툭 치며 가자고 종용했다. 게오르크가 움찔했다.

"지, 직접 오실 것까진 없습니다, 유릭. 그냥 몇 명만 빌려주시면……."

"아니, 가자고. 나 혼자면 충분할 거다."

유릭과 게오르크는 말을 타고 도시를 가로질렀다. 지나치는 집마다 창문에서 두려움에 떠는 목소리가 새어 나왔다.

"이들을 모두 죽일 셈입니까?"

게오르크가 쓰게 웃었다. 버니칼은 그의 고향이나 마찬가지인 도시였다. 여기서 평생을 서기노예로 살아왔다.

"모두 죽진 않을 거야. 우리가 얼마나 무시무시한 존재인지 알릴 사람들은 있어야지."

"북부인도 과할 정도로 잔혹한 행위를 했고, 자신들을 공포

어린 존재로 포장했죠. 물론 효과는 좋았습니다. 규율이 잡힌 제국군을 제외하곤, 왕국군은 야만군대를 만나면 도망가기 바빴죠."

"북정기와 남정기를 읽었나 보군."

북정기와 남정기는 선대 황제가 쓴 전기다. 남부와 북부를 정복한 황제의 기록. 문명세계의 식자층 사이에서는 필독서였다.

"유릭도 읽어봤습니까?"

"아니, 내 친구가 그런 내용이 있다고 내게 말한 적이 있었어."

"아, 그 상상 속의 왕족 친구?"

유릭은 발을 뻗어서 게오르크를 말에서 떨어뜨렸다.

"커억!"

등부터 떨어진 게오르크가 비명을 질렀다.

"포를카나의 왕이 내 친구라니까."

유릭이 다시 한번 강조하며 말했다. 게오르크는 허리를 두드리며 다시 말에 올라탔다.

"아이고, 제기랄. 저도 들은 적이 있습니다. 포를카나에서 왕좌를 노리는 숙부를 극적으로 무찌르고 왕이 된 소년이 있죠. 꽤나 멋진 이야기라서 음유시인들이 노래로 만들어 부르고 다니더군요."

유릭이 솔깃해하며 게오르크를 바라봤다.

"그 노래에 내 이름은 없어?"

"거참, 있을 리가 있나요. 그리고 정말로 포를카나 왕과 절친한 사이면 동맹도 맺을 수 있을지도 모르겠군요."

"그건 민폐잖아. 그 녀석은 제국의 황제와 약조한 게 있어. 그리고 설사 동맹을 할지라도, 우리가 패하면 포를카나도 덩달아 망하는 거지. 친구끼리는 그런 거 부탁하는 거 아니야."

"정말로 친구라면 말이죠. 야만인과 왕족이 친구라니, 나 원. 무슨 말도 안 되는……."

뒤로 갈수록 게오르크의 웅얼거림이 작아졌다. 게오르크가 이렇게 투덜거릴 수 있는 것도 그동안 어느 정도 유릭의 성정을 파악했기 때문이다.

'유릭은 주변 사람을 아낀다. 홧김에 지인이나 부하를 죽일 사내는 아니야.'

유릭은 높은 지위인데도 전장에서 선두에 자주 서곤 했다. 중요한 전투가 아니면 앞에 나서지 않는 사미칸과 대조적이었다.

유릭은 자신이 앞에 나서면 그만큼 다른 전사의 희생이 준다는 걸 알았다. 올라가는 사기까지 고려하면 전장에서 유릭의 가치는 천인대 하나와 맞먹었다.

"여기가 제 전 주인이 있는 곳입니다. 지금쯤이면 피난 갔을는지 모르겠지만요."

게오르크가 저택 앞에서 말고삐를 잡아 멈추며 말했다.

유릭과 게오르크는 저택의 정원으로 들어섰다. 여기까지는 약탈의 손길이 닿지 않았는지 부서진 흔적이 없었다.

게오르크는 정원을 아련한 눈으로 바라봤으나, 유릭은 이맛살을 찌푸렸다.

"정원이 엉망이로군. 네 옛 주인은 원래 정원을 이렇게 관리하나?"

정원의 풀과 나무들은 엉망이었다. 관리가 되지 않아 아무렇게나 자라서 보기 흉했다. 유릭이 보기에도 귀신이 살 법한 저택의 정원풍경이었다.

"아뇨, 원래 꼼꼼한 성격입니다."

게오르크가 나뭇가지 하나를 꺾으며 대답했다.

"그렇다면 진작 저택을 비우고 간 것 같은데?"

가까이서 본 저택엔 인기척이 없었다. 방이 십여 개는 넘어보이는데 창문에 오가는 사람은 보이지 않았다. 심지어 휑하니 열린 창문이 바람에 딸깍였다.

스릉.

유릭이 도끼를 뽑아 들며 먼저 저택의 문을 열고 들어갔다.

"거, 아무도 없수?"

유릭이 벽을 도끼로 툭툭 두드리며 외쳤다. 내부는 고요했다. 가구들 위에는 뿌연 먼지가 쌓여 있었다. 날이 저물고 있는데도 등불을 켜는 하인이 보이지 않았다.

쿵, 쿵.

게오르크가 앞장서며 어디론가 걸어갔다. 그는 보이는 문마다 다 열어젖히며 누군가를 찾고 있었다.

"아실마테……."

숨이 텁텁하게 막히는 듯했다. 저택에 왔는데도 그녀의 체취가 느껴지지 않았다.

'내가 뭐 때문에 그 지옥 같은 곳에서 버텼는데.'

오직 여기로 돌아오려고 안간힘을 다했다. 익숙지도 않은 싸움에 나서며, 몇 번이고 죽을 위기를 넘겼다.

"도대체 어디에 있는 거야, 아실마테."

게오르크가 마침내 침실의 문을 열었다.

끼이이익.

문이 열리는 소리가 음침했다.

아무도 없을 줄 알았던 침실에 한 노인이 앉아 있었다. 수염이 지저분하게 자랐지만, 입고 있는 옷은 고급이었다.

"아……."

게오르크와 노인의 눈이 마주쳤다. 노인의 눈은 반쯤 죽어 있었다. 그는 빼빼 마른 팔로 게오르크를 가리켰다.

"게오르크, 늦었어. 아실마테는 죽었다."

노인이 게오르크를 보며 옅게 웃었다.

게오르크의 얼굴이 일그러졌다. 그가 노인에게 달려들었다.

"이 개자아아아식아아아!"

콰당탕!

게오르크가 노인을 눕히고 주먹을 날렸다. 쇠약해진 노인은 제대로 된 저항도 못 하고 얻어맞았다.

"아실마테를 보호했어야지! 이 개자식아! 그래도 네 마누라잖아! 끝까지 지켰어야지!"

게오르크가 흥분하며 날뛰었다.

뒤늦게 따라온 유릭이 그 광경을 보고 있었다. 그는 게오르크를 말리지 않았다. 오히려 눈을 빛내며 게오르크의 행동을 지켜봤다.

"큭, 큭큭큭. 커억."

노인이 피를 바닥에 뱉으며 웃었다. 그가 힘겹게 팔을 들어서 게오르크의 얼굴을 쥐었다.

"게오르크, 이 은혜도 모르는 더러운 노예 놈아. 아실마테를 죽인 건 바로 너다. 네가 노예병으로 떠나고 얼마 지나지 않아 아실마테는 스스로 목을 매달아 자살했다! 네 사악한 간통이 파국을 맞이할 줄 몰랐나? 천하디천한 노예와 정을 통했다는 소문이 퍼지자 수치를 이기지 못하고 아실마테가 자살한 거지! 순진무구한 귀족처녀를 꾀어낸 네놈 때문에!"

"아니야! 아실마테는 나를 사랑했어! 자랑스럽게 여겼다고!"

"사랑에 취해 있을 때는 무슨 말인들 못 하랴……. 사랑이란 환상과 쾌락에 취해 이런 말 저런 말 지껄이는 건 젊은이의 특권이지. 네가 떠나고 혼자 현실에 남겨진 아실마테는 좌절했다."

노인이 피를 흘리며 게오르크를 비웃었다.

"아, 아실마테가 죽었을 리가 없어. 어, 어디에 수, 숨겨둔, 둔 거야!"

게오르크의 목소리가 심하게 떨렸다.

노인이 어기적어기적 기며 창틀을 붙잡고 일어섰다.

"네가 아실마테를 사랑했듯이, 나 역시 그 아이를 사랑했다. 이 나이에 풋풋한 계집애를 부인으로 둔다는 수군거림조차 감당할 정도로. 그리고 게오르크, 나는 너를 아들처럼 여기고 신뢰했다. 그런 두 사람이 나를 배신했지. 터무니없는 결과로 말이야."

"너, 너는 겁쟁이야. 자기 손으로 날 죽일 용기조차 없어서 노예병으로 팔아넘긴 겁쟁이!"

"아들처럼 여긴 너를 차마 내 손으로 죽일 수 없었어. 너를 죽일 만큼 증오하면서도 그만큼 아꼈지. 네가 서기노예의 역할 이상으로 고등교육을 받을 수 있었던 이유를 아직도 모르겠나? 똑똑한 너는 알 거다. 내가 얼마나 네게 많은 걸 해줬는지 모를 리가 없지. 이 배은망덕한 쓰레기야."

게오르크는 서기노예 중에서도 우수했다. 주인 밑에서 귀족 자제 못지않은 고등교육을 받았다. 서고에도 마음껏 들락거리며 읽고 싶은 책을 마음껏 읽었다.

"닥쳐! 이 영감탱이야! 이, 이건 주름진 손으로 추악하게 아실마테를 탐한 네 과욕이 불러온 재앙이야!"

노인이 피를 토하며 웃었다. 걸걸한 웃음이 텅 빈 저택을 울렸다.

"그래, 내 실수다. 귀엽고 총명하다고 개를 인간처럼 대우했더니 자신이 인간인 줄 착각하고 주인과 맞먹으려고 하더군. 잘 있어라, 게오르크. 난 아실마테를 만나러 가겠다. 그 아이를 만날 용기가 있다면 따라와라."

노인은 홀가분한 웃음을 지으며 창가 너머로 발을 뻗었다.

"아, 안 돼! 그만둬! 그만두……."

게오르크가 노인을 막으려고 손을 뻗었지만 노인은 머리부터 땅바닥에 처박았다.

쾌직!

"제기라아알!"

게오르크가 욕설을 내뱉으며 헐레벌떡 저택 아래로 뛰어 내려갔다.

노인은 머리가 깨진 상태로 누워 있었다. 그의 손발이 간헐적으로 파르르 떨리다가 그것마저 잦아들었다.

"흐끄그, 끄으으으."

게오르크가 노인의 시신을 바라보며 새어 나오는 울음을

꾹꾹 눌렀다.

노인은 게오르크에게 증오만 남긴 채 죽었다. 게오르크는 노인의 질척한 감정을 평생 끌어안고 살아야 할 터다.

"게오르크, 일어서. 너는 할 일이 있어. 난 네 속셈을 빤히 알면서도 여기까지 왔다. 너도 할 일을 다 해라."

유릭이 휑한 저택에서 나오며 말했다. 그는 게오르크의 개인 적 목적을 눈치채고도 군대가 이리 오는 걸 반대하지 않았다.

'군대 한 번 움직여서 유능한 사람의 신뢰를 얻을 수 있다면 나쁜 거래는 아니지.'

유릭은 게오르크가 필요한 사람이라는 걸 안다. 노예면서 도 식자층이며 문서작업에 능한 게오르크는 대체 불가능한 인재다.

'다른 부족장은 게오르크의 가치를 몰라도, 나는 게오르크 가 뛰어난 인재라는 걸 알아.'

유릭은 게오르크가 일어서길 기다렸다.

"나는 후회하지 않아. 아실마테에게 어울리는 사람은 나야! 나였다고! 빌어먹을!"

게오르크가 노인의 시신을 걷어찼다. 악에 받친 욕설을 내 뱉으며 날뛰었다.

"내가 배은망덕하다고 생각해? 응? 웃기지 마! 난 당신보다 뛰어난 사람이야! 난 게오르크 아르투어라고! 노예 따위로 끝날 사람이 아니야!"

게오르크가 연달아 짓밟자 시신의 뼈가 부러졌다. 노인은 죽어서도 엉망진창이 되어 정원 바닥에 널브러졌다.

"하악, 하악."

게오르크가 숨을 헐떡이며 땀을 닦았다. 그는 핏물에 잠긴 노인의 시신을 멍하니 바라보다가 구역질을 했다.

날이 저물었다. 마음을 추스른 게오르크가 저택 안에서 그럴싸한 외투를 골라 입고 나왔다.

"……유릭, 갑시다."

게오르크가 옷매무새를 가다듬으며 말했다. 금자수 외투를 입으니 말쑥한 귀족자제가 서 있는 듯했다.

정원에 앉아서 하품하던 유릭이 일어서서 게오르크를 따라갔다.

유릭은 게오르크의 고뇌와 슬픔에 공감하지 못했다. 아직 두 사람은 상대의 슬픔에 깊은 공감을 할 정도로 친밀하지 않았다.

하지만 유릭은 게오르크의 슬픔을 폄하하지 않고 기다렸다. 그가 갖춘 예의와 인덕이었다. 공감할 순 없더라도 존중은 가능했다.

Chapter 6

남부 노예교역과 삼각무역을 주도하던 상업도시 버니칼은 서부인들 손에 들어갔다. 서부인들은 온화한 점령정책을 택하지 않았다. 그들은 유목민족이었고 약탈한 곳에 돌아올 때는 곳간이 다시 차올랐을 때다.

　　"끄아아아아아!"

　　"히끄윽!"

　　광장에서 문명인들이 떼 지어 죽어 나갔다. 특히 서부인의 관습대로 사내아이들까지 눈에 띄는 족족 죽였다. 장차 전사가 될 사내아이를 노예로 삼거나 죽이면 족히 수십 년은 무력을 갖추지 못한다.

　　'한때 바위도끼 부족도 저 꼴이 날 뻔했지. 푸른안개 부족에

게 사내아이와 여자들을 볼모로 붙잡혀 미래를 뺏길 뻔했다.'

유릭이 학살이 일어나는 광장을 지나쳤다. 그의 가슴 한구석이 묵직했다.

'필요한 일이다.'

지금이야 연맹군의 기세가 올랐지만, 제국군의 본대가 모습을 드러내면 전면전은 힘들다. 어떻게든 서부인에 대한 두려움을 문명인들 뇌리에 심어둬야 했다. 맹수들이 자신과 대등하거나 강한 상대를 만나면 몸을 부풀려 덩치를 과시하듯, 서부인들은 공포로 실제 전력보다 자신들의 군대를 더 크게 부풀렸다.

술렁, 술렁.

버니칼의 노예시장도 서부인들에게 점령당했다. 한때 노예들에게 채찍질하던 주인들이 무릎을 꿇고 처분만 기다리고 있었다.

"……내 이름은 게오르크 아르투어. 불과 몇 달 전만 해도 나도 너희들과 같은 노예였다!"

게오르크가 다른 문명인 용병들과 함께 노예시장에 들어섰다. 그는 노예상들을 발로 걷어차며 단상 위에 섰다.

쇠사슬에 묶인 노예들이 눈을 동그랗게 뜨고 게오르크를 쳐다봤다.

"한때, 나는 주인에게 충성하며 그 은혜에 감사하다는 듯이 비굴하게 살았던 적이 있었다. 그렇게 나는 버니칼에서 일평생을 보내며 주인에게 봉사했으나, 내게 돌아온 건 노예병으로 가서 죽으라는 주인의 명령이었다! 지금 내 뒤에 선 자들도 모두 노예병으로 화살받이로 내쫓긴 자들이지!"

"오우! 오우!"

이제 그럴싸하게 병사의 외형을 갖춘 노예출신 용병들이 함성을 내질렀다. 그들의 번쩍이는 갑옷을 본 노예들이 웅성거렸다.

"우리가 손을 잡은 이들은 야만인이다! 하지만 저 야만인들은 공정하다. 노예든 귀족이든 상관하지 않고, 자신들과 함께 싸웠다면 그만한 대가를 지불한다! 보라! 이게 다 우리의 것이다!"

촤르르!

문명인 용병 몇몇이 금은보화가 잔뜩 든 상자를 바닥에 쏟았다. 이번 전투에서 문명인 용병단이 얻은 몫이었다.

"구체제에서 노예로 비굴하게 살아갈 것인가! 우리와 함께 새로운 세계의 주인이 될 것인가! 우린 노예가 아니다! 자신의 주인은 우리 자신뿐이다!"

게오르크는 귀족처럼 어려운 용어를 종종 섞어가며 연설했지만, 그의 말뜻은 노예들에게 와닿았다. 야만인과 손을 잡고 노예에서 벗어나 봉기하자는 것.

애초에 이곳 노예들 태반이 남부인이거나 혼혈이었다. 문명인 출신이라도 노예로 평생 굴욕만 받던 자들이다. 문명세계에 대한 자부심이나 충성심 따윈 없었다.

"함께할 자는 무기를 잡아라! 주인의 목을 베고, 그 피로 자유를 되찾아라! 칼을 잡은 자에게 기다리는 건 자유와 금화이며, 고개를 숙인 자에게는 족쇄뿐이다!"

용병들이 기다렸다는 듯이 무기들을 노예들에게 뿌렸다. 노예들이 너 나 할 것 없이 앞으로 달려 나와 무기를 하나씩 꼬나 쥐었다.

"자유를!"

노예들이 날뛰며 노예상들을 찔러 죽이기 시작했다. 노예상들이 벌벌 떨며 빌었지만, 채찍질을 당하며 살아온 노예들은 무자비하게 예전 주인을 찔러 죽였다.

자유의 탈을 뒤집어쓴 굵직한 살육이 도시를 휩쓸었다.

야만인 군대가 문명인을 받아준다는 소문이 도시에 파다하게 퍼졌다. 문명세계에 땅과 재산을 가진 자들은 집 안에 숨어서 풍파가 지나가기만을 기다렸지만, 빈민과 노예들의 사정은 달랐다. 농노들은 농기구를 들고 지주의 집으로 쳐들어가 그 목을 베곤 야만인 군대에 합류했다.

"우리도 함께하고 싶소!"

"싸우기만 하면 금화와 은화를 준다는 게 사실이오?"

어차피 전쟁이 나면 무일푼으로 징병당해 끌려가는 자들이다. 연고 없는 자들이 하나둘씩 두려움을 떨치고 야만인 군대에 합류했다.

야만인 군대에 이미 합류한 문명인이 많았기에 거부감이 많이 줄어든 상태였다.

상업도시 버니칼의 노예와 하층민들이 야만인 군대에 몰려들었다. 그 숫자는 천여 명에 달했다.

'규율도 형편없고, 전투기술도 터무니없이 부족한 자들이지만 지금은 머릿수라도 채우는 게 중요해.'

유릭은 몰려오는 자들을 거부하지 않고 용병으로 받아들였고, 유릭의 군대는 버니칼을 약탈하고 나서 그 숫자가 줄기는커녕 더욱 늘었다.

도시 버니칼은 며칠 동안 타올랐다. 누군가에게는 광기와 살육의 현장이었고, 또 다른 누군가에게는 자유를 향한 혁명의 불씨였다.

남서쪽에 속한 랑케가르트 왕국은 제국과 남부 사이에 위치한 국가다.

남쪽으로 갈수록 사막화가 심하고 녹지가 부족한 터라, 랑케가르트의 수도 노브가르크는 비교적 북쪽에 있었다.

"불타고 있어."

감시탑 위에 선 병사가 벌벌 떨며 말했다. 노브가르크의 외곽마을이 야만인들 손에 들어갔다. 농가들이 있는 곳에서 매캐한 연기가 올라왔다.

"아아……."

성안에 갇힌 랑케가트의 국왕은 탄식했다. 그는 부랴부랴 도시와 영주들에게 소집령을 내렸지만 모인 병사는 5천도 되지 않았다. 그마저도 어중이떠중이가 대부분이었다. 도시 내에서는 팔다리만 멀쩡하면 열 살짜리 사내아이와 칠십 먹은 노인마저 징집해 끌고 나왔다.

'갑자기 출몰한 야만인들.'

남부도 북부도 아닌 하늘산맥에서 뛰쳐나온 야만인들이 문명세계의 중심을 휘저었다.

문명세계의 군사력은 남부와 북부의 경계에 집중된 상태다. 이름 높은 요새들도 대부분 남부와 북부에 있었다. 내륙지방은 50년간 외적의 침입을 받지 않았다. 기껏해야 영주끼리의 분쟁이 전부였다.

서부의 야만인은 그런 취약한 내륙을 휘젓고 다녔다. 낮은 성벽을 훌쩍훌쩍 넘어 다니며 문명세계를 약탈했다.

"제국은 도대체 무얼 하고 있단 말이냐. 야만인들이 우리의 땅을 침략한 지 한 달이 넘었거늘!"

국왕이 분통을 터뜨렸다.

황제는 세상의 주인이며 외적으로부터 속국을 지켜야 할 의무가 있다. 특히 야만인들의 침략으로부터 말이다.

'앞으로 우린 어떡한단 말인가!'

랑케가르트 국왕이 절규하듯 머리를 붙잡았다. 야만인들은 랑케가르트를 짓밟으며 초토화했다. 밭이란 밭은 모두 불타 버렸다.

'야만인들을 막아낼지라도…… 악몽 같은 기근이 우릴 기다리겠군.'

국토가 유린당했다. 주요거점과 도시들도 무너지면서 랑케가르트의 국력은 크게 쇠퇴했다.

랑케가르트 왕국은 대응전략을 세우기도 전에 야만인들에게 당했다. 속전속결이 제대로 먹힌 셈이다.

야만인들의 약탈경로를 비껴간 영주들은 별별 핑계를 대면서 병력을 보내지 않고 자신들의 영지에 틀어박혔다. 어차피 제국군이 오기 전까지는 승산이 없다는 걸 알았기 때문이다.

"성문을 잠그고 버텨라! 제국군이 올 때까지 버티는 거다!"

국왕이 억지로 목소리를 짜내며 외쳤다.

한편 도시의 성문에서는 큰 소란이 일었다.

"제발! 들여 보내주십쇼! 나리! 제, 제 아들만이라도!"

도시 노브가르크에 속한 마을과 농가의 주민들이 몰려왔다. 그 숫자는 수백에 이르렀다. 그들은 성문 도개교를 내려달라 소리를 질러댔다.

"지금은 전투 중이다! 물러가라!"

수비대장이 눈을 부라리며 외쳤다. 언제 야만인들이 돌격할지 모른다. 도개교를 쉽사리 내릴 수 없었다.

"우리도 국왕폐하의 백성이며 노브가르크의 사람입니다! 당신네도 우리가 수확한 곡식을 먹었지 않습니까!"

농민들이 절규했다. 그들은 외부 농경지에서 일하는 자들이었다.

"이대로 우리를 죽게 내버려 둘 셈이오!"

야만인들이 쳐들어오면 성 바깥의 농민은 전부 죽은 목숨이나 마찬가지다.

"으으으"

수비대장이 이를 악물며 신음했다.

'야만인들의 소문은 익히 들었다. 놈들이 지나간 자리에는 재만 남는다고 하지. 아이든 어른이든 사내라면 전부 죽이고, 여자를 겁탈하며……'

야만인은 끔찍한 군대였다. 문명세계에서도 잔혹한 기사야 많았지만, 군대 전체가 잔혹행위를 종용하지는 않는다.

"루여…… 저들에게 무슨 죄가 있단 말입니까!"

수비대장이 탄식했다.

'저들의 비명을 외면하면 더 이상 나는 기사가 아니다.'

수비대장이 굳게 마음을 먹었다.

기사와 전사를 구분하는 건 단순히 무구의 차이만이 아니다. 기사들은 루의 뜻에 따라 신의성실로 기사도를 수행한다. 약자를 보호하고 불의를 외면하지 않는 것. 기사도가 없다면 기사는 잘 훈련된 살인자에 불과하다.

"다리를 내려라!"

수비대장이 외쳤다.

"저, 정말로 내립니까?"

도르래 옆에 있던 병사가 반문했다.

"귀가 먹었나! 병사!"

수비대장이 아래로 내려오며 짜증을 냈다. 그도 심장이 쿵쿵 뛰었다.

"아, 알겠습니다!"

병사들이 도르래를 힘차게 돌렸다. 감긴 사슬이 풀리면서 성문 도개교가 아래로 내려갔다.

"저들은 우리가 지켜야 할 백성이다! 어찌 나라의 녹을 먹는 자로서 백성을 외면하겠는가! 우리의 백성을 보호해라! 우린 랑케가트를 지키는 자들이다!"

수비대장이 칼을 들어 올리며 주변 병사들을 독려했다.

쿠웅!

다리가 해자 위로 내려앉았다.

"감사합니다! 나리! 이 은혜는 잊지 않겠습니다!"

농민들이 다리 위로 뛰어 들어왔다.

'이게 옳은 일이다.'

수비대장은 농민들을 보며 옅게 웃었다. 얼굴에 흙이 묻은 아이들이 부모에게 안겨 다리를 건너고 있었다.

"아?"

수비대장이 이질감을 느끼건 후열을 볼 때였다.

'여자와 아이가 없어?'

두건을 눌러쓴 무리가 있었다. 언뜻 보면 농민들 같았으나 그들은 여자와 아이를 데리고 있지 않았고, 사내들만이 수두룩하게 모여 있었다.

"카악!"

수비대장이 뭐라 외치기도 전에 상황이 발생했다. 성문 안으로 들어온 농민 중 일부가 칼을 뽑으며 주변 병사들을 공격했다.

"저, 적이다! 적이야! 성문을 닫…… 커억!"

침입자들은 도르래 주변의 병사들을 공격하고는 도르래를 부쉈다.

"나리! 사, 살려주십쇼! 저는 아닙니다!"

성문은 혼란의 도가니였다. 얼핏 봐서는 농민과 침입자가 구분되지 않았다.

"죽여! 죽이라고!"

흥분한 병사들이 도망치듯 흩어지는 농부들조차 찔러 죽였다. 어떤 병사는 망설이다가 농부로 위장한 침입자의 단도에 목이 꿰뚫렸다. 누가 농부이고 침략자인지 구분되지 않았다.

"까아아아악! 여보!"

아비규환 그 자체였다. 적과 아군이 명확하지 않은 상황에서 성문은 빤히 열려 있었다.

스륵.

성문에서 멀지 않은 수풀이 움직였다. 수풀로 위장한 연맹의 전사들이었다. 그들은 온몸을 진흙에 치대고, 끈을 이용해 나뭇가지와 잎을 몸에 매달았다.

"수풀이 적이다! 위장한 야만인들이 코앞에 있다!"

성벽의 병사가 외쳤다. 그들은 수풀을 종일 봤으나 사람일 거라고는 생각지 못했다.

위장한 전사들이 어젯밤에 어둠을 틈타 성문에서 멀지 않은 곳에 자리를 잡았다. 그들은 온종일 똥오줌을 그 자리에서 싸며 성문이 열리기만을 기다리고 있었다.

"카아아악!"

성문 입구에서는 서서히 침입자와 농부들이 구분되었다. 경무장한 침입자들은 야만인 군대에 합류한 문명인 용병들이었다.

"금화가 우릴 기다린다!"

"여자도 말이야!"

용병들이 천박하게 외치며 얼굴에 묻은 피를 닦아냈다. 그들은 농부로 위장해 잠입하는 임무를 맡았다.

'진짜 성공할 줄이야.'

되면 좋고 아니면 마는 책략이었다. 문명인 기사에 대해 잘 아는 자들이 연맹군에 있기 때문에 이런 책략을 짜낼 수 있었다.

'약자를 보호한다는 맹세가 때론 전투에서 발목을 붙잡기도 하지. 잠깐 성문을 연다고 무슨 일이 생길까 싶은 안일함도 한몫했지만.'

노아 아르텐이 열린 성문을 멀리서 보며 쓰게 웃었다.

연맹군은 도시의 성문을 손쉽게 열었다. 수풀로 위장한 전사 백여 명이 문명인 용병들을 지원하며 성문을 점령했다.

뿌우우우우우!

성문 점령을 확인한 나팔수가 크게 나팔을 불었다. 언덕 뒤에서 몸을 숨기고 있던 전사들이 모습을 드러내며 열린 성문 쪽으로 뛰어들었다.

"우와아아아아아!"

수천에 달하는 전사들이 열린 성문을 통해 도시 안으로 들어갔다.

도시 노브가르크는 단숨에 뚫렸다. 남은 병사들은 도망가기 바빴다. 성문의 보호 없는 야만전사를 막지 못했다. 무기를 잡아본 건 오늘이 처음이었던 농부의 아들들이 야만인의 손에 죽어 나갔다.

"아아아!"

성문을 내렸던 수비대장이 절규하며 칼을 휘둘렀다. 그는 몰려오는 야만전사를 베었다.

'나는 옳은 일을 했다. 그런데 어째서……!'

수비대장의 옳은 행동이 최악의 결과를 불러왔다.

수비대장은 자신의 실책에 좌절했다. 오늘 전투에서 살아남더라도 얼굴을 들 자신이 없었다. 그는 자살하듯 야만인 사이로 뛰어들었다.

수비대장은 용맹하게 싸워 전사를 여럿 죽였다. 하지만 곧 사방에서 덮쳐 오는 창과 도끼를 피하진 못했다.

수비대장이 피를 왈칵 토하며 바닥에 누웠다.

"뭐야? 이 새끼는?"

"칼이 좋은걸?"

"야, 그건 내 거야."

전사들이 수비대장의 칼과 방패를 노획했다. 노획을 마친 전사들이 다시 고개를 들어 도시를 바라봤다. 눈부신 문명의 도시가 그들 눈앞에 있었다.

'교활하고 사악한 놈들······.'

수비대장은 흐려지는 눈으로 야만인들의 발을 쳐다봤다.

'루여, 부디 악몽 같은 야만인들로부터 우리를 지켜주시고, 빛으로 어둠을 걷어낼 수 있게 도와주소서.'

수비대장이 마지막 기도를 하며 눈을 감았다.

저벅, 저벅.

사미칸이 왕궁으로 들어섰다. 대리석 바닥은 차가운 소리를 냈다.

도시가 점령당하자마자 왕궁도 전사들의 손에 들어갔다.

도끼를 든 전사들이 기둥 옆에 서서 사미칸을 향해 고개를 숙였다.

"그대가 이 나라의 왕인가?"

사미칸의 입에서 어눌한 제국어가 나왔다. 그 어눌한 말투를 비웃는 자는 없었다.

왕좌 아래에서는 포박당한 국왕과 그 일가가 무릎을 꿇고 있었다. 어린 왕자와 공주들이 벌벌 떨며 어미의 품에 안겨 있었다.

"그, 그렇소."

사미칸은 고개를 끄덕이며 국왕의 곁을 스쳐 지나갔다.

털썩.

사미칸이 왕좌에 앉아서 등을 뒤로 기댔다.

"생각보다 좋진 않군. 딱딱해."

"왕좌란 원래 그런 거요."

"그렇군. 왕좌에 앉아 있더라도 마음을 놓지 말라는 교훈인가?"

랑케가트의 국왕은 당장에라도 온갖 욕을 입 바깥으로 꺼내고 싶었다. 하지만 그는 눈앞의 원수를 향해 그 어떤 적의도 드러내지 않았다.

이미 랑케가트는 패했다. 패자는 승자의 처우를 기다릴 뿐이다.

'내 목숨만 달린 게 아니다. 우리 일가가 저자의 손에 달려 있어.'

문명인이라면 왕족 일가를 명분 없이 처단하지 못한다. 전쟁에서 승리하더라도 점령지를 다스리려면 인심을 얻어야 하기 때문이다. 더군다나 왕족을 죽이면 주변 국가의 온갖 비난을 받게 된다.

'하지만 이들은 야만인이다. 다스릴 생각조차 없지. 그저 파괴하고 약탈할 뿐.'

여기서 랑케가트 왕족의 핏줄이 끊어져도 이상할 게 없었다.

"나와 형제들은 마냥 잔혹한 침략자가 아니야. 우린 단지 방어를 위한 공격을 했을 뿐이다."

사미칸이 랑케가르트의 국왕을 응시하며 말했다.

"랑케가르트는 당신들을 먼저 공격하지 않았소. 선전포고도 없이 쳐들어온 침략자는 당신들이오!"

국왕이 자신도 모르게 목소리를 높였다. 야만인들의 갑작스러운 침략에 랑케가르트는 돌이킬 수 없는 피해를 입었다.

"정말로 우리를 공격한 적이 없나? 정말로?"

사미칸이 어깨를 들썩이며 웃었다. 그가 왕좌에서 내려오며 왕족 일가의 앞에 섰다.

왕비가 사미칸의 손길을 보며 눈을 질끈 감았다.

"으, 읍."

사미칸의 손길이 왕비에게 닿았다. 중년에 접어드는 나이인데도 잘 관리해서 아리따운 기품이 있었다. 부족세계에서 보기 힘든 여인상이었다.

"그, 그만두시오!"

국왕이 일어서려다가 목덜미에 닿는 칼날을 느끼곤 다시 앉았다. 사미칸이 어느새 단도를 뽑아서 국왕의 목에 겨누고 있었다.

"너희 랑케가르트는 공범이다. 제국군이 산맥을 넘기 위해 물자와 병력을 요청했을 때 너흰 거부하지 않았지. 다시 물어보지, 아직도 우리의 침략이 정당하지 않다고 생각하나?"

사미칸의 논리정연한 말이 통역을 통해 부족어로 전사들 사이에 퍼졌다.

"오오오오오! 사미칸!"

전사들이 고함을 지르며 사미칸의 말에 동의했다. 부족장들도 사미칸의 말을 거들면서 위협적으로 뭐라 외쳤다.

왕궁은 뜨겁게 달아올랐다. 당장에라도 부족전사들이 죄를 묻기 위해 칼을 뽑을 것 같았다. 위협을 느낀 국왕이 입을 달싹였다.

"우리도 어쩔 수 없었소. 속국의 입장에서 제국의 요청을 거부할 수가 없단 말이오."

"그래서 그 제국이 너흴 지켜주던가? 지금 그 잘난 제국군은 도대체 어디에 있단 말이지?"

사미칸의 말에 국왕은 대답하지 못했다.

"마음 같아서 사지를 찢어버리고, 그 머리를 장대에 걸어두고 싶지만……."

사미칸이 중얼거렸다. 국왕은 가슴이 철렁여 눈을 크게 떴다.

뜸을 들이던 사미칸이 말을 천천히 이었다.

"그 목숨만은 남겨두지. 이제부터 너와 네 가족은 볼모로 우리와 함께 움직일 것이다."

"나, 나는 전후를 수습해야 하오! 당신들과 함께할 수 없소!"

국왕이 파들파들 떨며 외쳤다. 지금 상황에서 왕이 랑케가트를 비울 순 없었다. 권력의 공백과 혼란 상태에서 랑케가트는 끔찍한 내전에 휩싸일 터다.

사미칸은 자신의 참모이자 친우인 노아 아르텐을 힐끗 쳐다봤다. 노아가 고개를 끄덕였다.

사미칸은 문명세계에 대해 잘 모른다. 복잡한 왕권과 봉건제의 상호관계를 이해하지 못했다. 하지만 그의 참모인 노아는 어떻게 해야 랑케가트가 혼란에 빠질지 잘 알고 있었다.

'왕의 공백을 틈타 나라의 안정을 명분으로 왕좌를 주장하는 방계들이 속출할 터다. 당장 왕권에 눈이 먼 귀족들의 생각이야 뻔해. 야만인들은 지금까지처럼 결국 제국이 어떻게든 해줄 거라 생각하겠지.'

노아는 왕가의 족보를 보며 왕위계승서열을 확인했다. 볼모로 붙잡힌 랑케가트 왕족들을 제외하면 계승서열이 고만고만했다. 왕이 볼모로 붙잡혀 있기에 왕좌가 아니라 섭정을 핑계로 힘 있는 귀족들까지 난립할 것이다.

랑케가트의 수도를 점령하고도 연맹군은 오랫동안 머물지 않았다. 그들은 끊임없이 움직여야 했다. 왕족과 귀족들을 볼모로 붙잡은 연맹군은 계속 이동했다.

사미칸이 이끄는 연맹군은 랑케가트 동쪽 국경선까지 도달해 유릭의 군대와 합류했다. 그들은 잠시 국경에서 야영하며 다음 계획을 짰다.

피르가모의 치카카가 지휘천막 안으로 성큼성큼 들어왔다. 짜리몽땅하지만 연맹의 그 누구보다 잔혹하고 강인한 전사다.

치카카는 양손에 사람의 머리를 들고 있었다.

"제국군의 척후다."

산양전사를 이끌고 경계를 나갔던 치카카가 제국척후병의 목을 지휘천막 안으로 던졌다.

유릭과 사미칸은 제국군이 어느새 자신들 가까이 다가왔다는 걸 알았다.

제국의 1만 편제 2개 군단이 연맹군을 바짝 쫓고 있었다. 그 지휘관은 노장 카르니우스.

Chapter 7

2개 군단의 지휘권을 위임받은 카르니우스는 부관과 기사들을 소집했다. 기사들은 단순한 부하가 아니라 오래전부터 함께한 전우들이었다.

"카르니우스 장군, 다시 함께 싸울 수 있게 돼서 영광입니다."

"무리한 요청에도 선뜻 달려와 주니 오히려 이쪽이 고맙소."

카르니우스가 부관들을 향해 고개를 끄덕였다. 다들 나이가 지긋한 기사들이었다. 그들 중에서는 가문의 가주 노릇을 하는 사내도 있었다.

'대군을 움직이려면 마음이 맞는 자들이 필요하다.'

2만의 대군이다. 아무리 뛰어난 장군이라도 혼자서 통제하는 건 불가능하다. 제아무리 대단한 전략을 세워봐야 손발이 따로 놀면 의미가 없다.

대군을 움직이려면 서로의 생각을 읽을 수 있는 부관과 야전지휘관들이 필요했다.

"다시 한번 우리가 이렇게 전장에 서는 날이 올 줄이야. 침대에서 죽지 않길 잘한 것 같소이다."

기사들이 웃었다. 그들은 크고 작은 전투를 함께했다. 서로에 대해 잘 알고 있었다.

"용케도 황제폐하께서 카르니우스 공에게 군대를 맡기셨구려."

나이 많은 군벌 귀족들은 젊은 황제에게 호의적인 편이 아니었다. 전장의 공도 세워본 적도 없는 풋내기 황제가 귀족들의 권한을 뺏어 황권을 강화하는 꼴이 마음에 들지 않았다. 특히 군벌 귀족들의 세력은 눈에 띄게 줄어들었다.

'무슨 꼬투리만 있으면 영지까지 몰수해 버리니⋯⋯.'

카르니우스는 친황제파가 아니었지만 군단 지휘를 위임받았다. 반황제파 귀족들 입장에서는 좋은 기회였다.

"말조심하시오. 폐하께선 정치적 파벌싸움보다 현실을 보고 정확한 판단을 하신 거요. 누가 뭐래도 제국의 위대한 혈통을 이은 분이니까."

카르니우스는 다른 귀족들이 허튼소리를 하지 못하게 미리 막았다.

기사들도 카르니우스의 뜻을 알고는 고개를 끄덕였다. 반황제파라고 자칭하는 무리들도 딱히 거창한 목적이 있는 건 아니었다. 위대한 혈통 말고는 그 누구도 황제의 자리에 앉지 못한다. 왕조를 바꾸는 건 불가능한 이야기다.

'반황제파라고 해봐야 그저 황제에게 땅과 권력을 뺏기는 걸 두려워할 뿐이지.'

카르니우스는 그들의 대변인이었다. 평생 제국을 위해 싸워 온 귀족들이 젊은 황제에게 땅과 권력을 빼앗겼다.

황권이 강한 만큼 꼬투리 하나 잡혀서 작위를 회수당하는 일도 있었다. 그렇게 황권이 강해지면 신하들의 권력을 뺏는 일이 더욱 쉬워진다. 귀족들 입장에서는 악순환이고, 황제의 입장에서는 선순환이었다.

'중앙집권적인 절대권력. 그래, 제국이 다른 왕국을 압도하는 근간이긴 하지. 황제에게 권력과 군사력을 몰아서 강한 통치력을 확보하는 것.'

카르니우스가 쓰게 웃었다. 그는 귀족들을 바라봤다.

제국은 다른 왕국보다 덩치가 큰데도 효율이 좋았다. 보통 땅이 커지면 효율이 떨어지는 게 국가운용의 상식이다. 하지만 제국은 극도로 발달한 행정체계와 황제 중심의 중앙집권체제 덕분에 덩치가 큰데도 효율이 좋았다.

'여러 지방의 대귀족에게 분산될 군사력과 권력을 한 명이

쥐고 있으니 힘을 집중해서 행사할 수 있지.'

지금 같은 체제에서는 황제의 뜻이 곧 제국의 뜻이 되어 모든 국력을 한곳에 모을 수 있었다. 만약 황제가 왕국 하나를 멸망시키고자 한다면, 그 어떤 반대가 있더라도 꿋꿋하게 밀어붙일 수 있었다.

'웃기게도 반황제파들이 원하는 대로 황제의 권력이 분산되어 약해지면, 제국이 속국을 통제할 힘도 잃어버린다.'

사공이 많으면 배가 산으로 간다. 여러 사람이 대등한 힘을 가지면 이해관계는 훨씬 복잡해지고 앞으로 나아갈 힘도 잃어버린다.

황제가 모든 권력을 쥐고 있기에 제국은 강했다.

'골치 아픈 일이지. 우리의 땅과 권력을 황제에게 빼앗기는 게 제국을 더 강하게 만든다니……'

언제나 매사에는 균형이 중요했다.

카르니우스는 반황제파지만 평생을 바친 제국이 쇠락하는 것은 보기 싫었다. 그는 균형을 지키고 싶었다.

'페르젠 공, 이제 와서 공의 빈자리가 크오.'

검귀 페르젠은 유일무이한 황제의 후견인이었다. 그 오만한 얀키누스 황제조차 페르젠의 말은 귀담아들었다. 페르젠은 친황제파였지만 국정의 균형을 잡아주는 존재였다.

"출정은 사흘 뒤요."

카르니우스가 기사들에게 그리 통보했다.

"야만인들에게 본때를 보여줍시다!"

"젊은 황제의 똥을 우리가 닦아주게 생겼구려!"

"허어, 말조심하시오."

기사들은 끼리끼리 모여 술을 마시러 자리를 떴다.

카르니우스는 출정하기 전에 조촐하게 가족들과 모여 식사를 하고, 아침에는 신전에 가서 기도했다.

"루의 가호가 있기를."

성직자가 의례적으로 축복을 내렸다.

"우린 아버지와 함께 야만인들을 무찌르고 루의 아들과 딸들을 구할 겁니다."

카르니우스의 아들이 성직자에게 말했다. 청년의 눈동자가 맑게 반짝였다.

"리오, 자신감은 좋지만 오만함으로 적을 깔보지 말 거라."

카르니우스가 신전의 대리석 바닥에서 일어섰다.

"하지만 우린 야만인들을 항상 이겨왔죠. 이번에도 다르지 않을 겁니다."

"그런 마음가짐을 경계하라는 거다."

카르니우스가 한숨을 쉬었다. 그의 장남 리오는 혈기가 왕성한 스물넷이었다.

"아버지가 검귀 페르젠보다 더 대단한 기사라는 걸 세상 사람들이 알게 될 겁니다."

"허튼소리! 페르젠은 위대한 기사였어. 나는 페르젠 공과 동시대를 살았다는 걸 자랑스럽게 여긴단다. 비록 여러모로 뜻은 달랐지만 말이야."

"……그래서 평생을 검귀의 그림자에 묻혀 사셨죠."

리오가 입술을 씰룩였다.

'젊은 놈들이란.'

카르니우스가 고개를 절레절레 흔들며 신전을 나갔다.

"무구는 하인에게 맡기지 말고 스스로 정비해라. 자신의 몸처럼 흠집 하나하나도 기억해 두는 거다."

카르니우스가 집 안으로 들어서며 아들에게 말했다.

카르니우스는 출정을 앞뒀지만, 평소처럼 생활했다. 간소한 아침 식사를 하고 체력단련, 오후에는 부관들과의 전략회의, 저녁에는 신전에 가서 기도하고 돌아와 가족들과 식사를 했다. 그는 그렇게 검소한 사흘을 보낸 뒤 2만의 군대를 이끌고 랑케가트로 향했다.

"랑케가트의 수도 노브가르크를 지켜야 하지 않습니까?"

리오가 물었다.

"회의에 꼬박꼬박 참석하라고 했던 이유가 이런 것 때문이다. 우리의 진군속도로는 아마 노브가르크를 지키기 힘들 거다."

"랑케가트를 포기하는 겁니까? 우리가 지켜야 할 속국입니다! 랑케가트의 수도까지 점령당하면 다른 속국들이 제국을 어떻게 보겠습니까? 속국 하나조차 지키지 못하는……."

"랑케가트 안까지 깊게 들어갔다가 야만인의 뒤꽁무니만 쫓아다닐 셈이냐? 리오, 입 다물고 이 아비를 보고 배워라."

카르니우스가 귀찮다는 듯이 말을 몰고 앞으로 나갔다.

"리오! 네 아버지는 뛰어난 장군이며 기사다. 많은 걸 배울 수 있을 거다."

다른 노기사가 리오 곁에 서며 말했다.

"그렇게 대단해서 페르젠의 명성에 짓눌려 사셨답니까?"

"네 아버지의 전성기 시절 별명이 뭔지는 아느냐? 철혈의 카르니우스라면 검귀 페르젠 못지않았다."

"아는 사람만 아는 별명이죠. 검귀는 모르는 사람이 없습니다. 세상 사람들은 검귀는 기억해도 철혈은 기억하지 못할 겁니다. 저는 그렇게 아무도 기억하지 못하는 별명을 가지고 살지 않을 겁니다."

"……전쟁은 명성을 쌓기 위한 놀이가 아니다, 리오."

노기사가 쓰게 웃으며 리오의 곁을 지나갔다. 노인의 말은 젊은이의 귀에 들어가지 않는 법이다.

'불쌍한 녀석 같으니……. 저 나이의 청년이라면 검귀 페르젠을 존경하고 동경하는 게 당연하지만, 자신의 아버지가 그 명성에 묻혀 살던 2인자니까……. 페르젠을 동경하면서도 미

위하고, 자신의 아버지를 존경하면서도 멸시하지.'

카르니우스의 군대는 노브가르크 지원을 포기했다. 그들은 랑케가르트 왕국 안쪽까지 들어가지 않고 외곽도시를 따라 움직였다.

카르니우스는 경기병 척후대를 통해 야만인 군대의 흔적을 추적했다.

"여기가 정말로 이름 높은 도시였단 말인가?"

제국과 가까운 상업도시 버니칼에 도착한 기사들이 탄식을 터뜨렸다. 도시의 절반은 불타 있었고, 아직도 시체의 수습이 끝나지 않아 도시 곳곳에서 시체 썩는 악취가 흘렀다.

"끔찍하군."

"이런 짓을 한 놈들은 루의 심판을 피하지 못할 거요."

"여기서 물자를 지원받긴 글렀군."

카르니우스는 노기사들과 함께 도시를 둘러봤다.

"야만인들이 휩쓸고 지나간 곳이 전부 이렇다면 랑케가르트는 이제 끝났군."

그 말에 다른 기사들도 동의하듯 고개를 끄덕였다. 랑케가르트는 왕국의 지위를 잃을지도 모른다.

"특이한 점이 하나 있습니다. 야만인들이…… 노예와 하층민을 자신의 군대로 받아들였다고 합니다."

도시를 돌며 정보를 모아온 부관이 보고했다.

"문명인으로 자신들의 군대를 불러?"

"야만인 군대 내부에는 문명인으로 이루어진 부대가 있다고 합니다. 목격자가 한둘이 아닙니다."

기사들이 술렁거렸다.

"어떤 미친놈들이 야만인과 손을 잡았단 말인가?"

"말도 안 되는 짓이지!"

야만인 군대에 문명인이 속하는 건 전례가 없던 일이었다.

"굉장히 유연한 집단인가 보군……."

카르니우스는 당황하지 않고 중얼거리듯 말을 내뱉었다.

'문명인을 받아들일 정도로 유연한 집단이란 말인가? 하지만 아무리 그러하더라도 빨라도 너무 빠르다. 지금까지 우리와 접점이 없던 야만인들이 이리도 빨리 문명세계에 적응했다고?'

문명인은 서부인에 대해 아무것도 모른다. 그저 산맥 너머에 살던 야만인이라는 것만 안다.

'서부군단이 야일루드를 넘어간 지 1년도 되지 않아 대규모 야만인 군대가 문명세계로 바로 넘어왔다. 서부군단과 충돌하기도 전에 통합된 민족이었을 가능성이 높아. 하지만 통합된 민족이라면 자신들의 원수나 마찬가지인 문명인을 자신들의 군대로 이리 쉽게 받아들일 수 있을까?'

문명인의 강적이었던 북부인들은 굉장히 배타적이었다. 북부인은 심지어 민족신앙을 공유한 집단이었다. 북부인은 오랫동안 문명인과 섞이지 못했다.

북부와 문명이 섞인 계기는 무력을 통한 강제가 아니었다. 힘으로는 땅을 지배해도 민족성과 정신은 꺾지 못한다. 칼을 들지 않은 태양교가 조용히 북부에 침투해 영향력을 미친 뒤에야 북부는 문명세계에 흡수되었다.

'북부인처럼 배타적이지 않아. 이들은 북부인과는 다르다. 서부에서 나타난 건 전혀 다른 야만인들이야. 하나부터 열까지 처음부터 알아가야 한다.'

카르니우스는 도시를 바라봤다. 바람이 불자 재가 흩날렸다.

"그래도 한 가지는 확실하군. 북부인만큼 잔인한 놈들이라는 것."

카르니우스는 군대를 이끌고 도시 버니칼을 벗어났다. 서부의 야만인 군대는 굉장히 종잡기 힘든 무리였다.

'놈들의 군대는 현지보급으로 모든 걸 조달해서 보급로 따위가 없다. 보급로를 장시간 벗어나지 못하는 우리보다 자유로워. 더군다나 우린 저들의 목적조차 모르지. 저런 군대의 움직임을 예측할 수 있다면 루의 계시라도 받은 걸 터.'

카르니우스는 요행을 바라지 않았다. 우직하게 척후병을 계속 보내 야만인의 움직임을 끊임없이 보고받았다.

"저들이 랑케가르트를 초토화시키고 싶어 한다면 그렇게 놔둬

라. 우린 천천히 쫓아갈 테니까."

제국군은 랑케가트의 마을과 도시가 파괴당하건 말건 내버려 뒀다. 그들은 동선을 쓸데없이 낭비하지 않았다.

카르니우스는 대를 위해 소를 희생할 줄 아는 지휘관이다. 그래서 철혈이라는 별명이 붙었으며…… 그런 사내였기에 검귀 페르젠보다 더 큰 명성을 얻지 못했다.

'물론 가장 중요한 싸움 실력이 부족했긴 했어. 전성기의 페르젠 공은 그야말로 인간 같지 않았으니까……'

검귀 페르젠은 분명 우수한 장군이었으나 때론 격정적인 감정과 신들린 듯한 직관에 몸과 운명을 맡기곤 했다. 사람들은 계산하는 책략가보다 루의 가호를 등에 업은 영웅을 좋아했다.

카르니우스는 페르젠 흉내를 내지 않았다. 그는 직관에 의존하지 않고 착실한 방법을 택했다. 제국군은 잠과 식사시간을 줄여가며 강행군을 했다. 야만인들이 현지보급을 위해 약탈하는 시간만큼 카르니우스와 야만인 군대는 가까워졌다.

동선을 아낀 카르니우스는 서서히 거리를 좁혀가며 야만인 군대의 꽁무니까지 따라붙었다.

"제, 제국군이 따라왔다는 게 사실입니까?"

게오르크가 허겁지겁 유릭의 천막으로 뛰어 들어왔다.

유릭은 칼집이 달린 허리띠를 매며 고개를 끄덕였다.

"빠르군. 예상보다 훨씬 빨리 우리를 따라잡았어."

"맙소사, 제국군이 따라붙다니. 끝장이야!"

"뭘 그리 세상이 무너진 듯이 말해?"

유릭이 키득키득 웃으며 게오르크의 어깨를 두들겼다.

"상대는 제국군이란 말입니다!"

"싸우기 전부터 쫄면 지는 거야."

"쉽게도 말하는군요."

"넌 가서 용병들이나 달래. 지레 겁먹고 탈영하는 놈이 나
올 게 뻔하니까."

"당연히 탈영하겠죠. 상대가 제국군인데 말입니다! 지금 그
렇게 여유 있게 굴 때가 아닙니다."

게오르크는 초조했다. 저번과는 상황이 다르다.

'여긴 서부가 아니야. 제국군도 단단히 준비해서 왔겠지.'

정면으로 붙으면 이길 가능성이 희박했다. 그건 게오르크만
이 아니라 누구나 아는 사실이다. 부족전사들도 제국군의 전
투력을 똑똑히 체험했다.

"내가 초조해한다고 이득이 될 건 없어. 그리고 최악의 상황
이라고 해봐야 죽기밖에 더하겠어?"

유릭이 어깨를 으쓱하며 가죽 망토를 걸쳤다. 그가 도끼를 옆구리에 찔러 넣고는 천막 바깥으로 나갔다.

바깥에서는 볼드와 바위도끼 출신 전사 몇몇이 유릭을 기다리고 있었다. 그들은 유릭을 호위하듯 따라붙었다.

유릭과 눈이 마주친 볼드가 굳은 눈빛으로 고개를 끄덕이며 입을 열었다.

"유릭, 여기서 우리가 끝나더라도 널 원망하는 사람은 없다. 죽더라도 널 따라가겠다."

"다들 죽는 생각부터 하고 자빠졌어? 아직 우린 지지 않았어. 일단 회의하기 전에 물부터 빼고 오자고."

유릭이 나무 밑에서 엉거주춤하게 바지춤을 살짝 내렸다. 굵은 오줌 줄기가 좌아아악! 소리를 내며 쏟아졌다.

"거, 시원하네. 끄억."

유릭이 트름을 하며 하늘을 쳐다봤다. 야영지 어딜 가도 불안감이 느껴졌다. 제국군이 따라붙었다는 소식을 모르는 사람이 없었다.

하늘을 보던 유릭의 표정이 굳었다. 유릭은 다른 사람 앞에서는 여유가 있는 척했지만, 누구보다 상황의 심각성을 잘 알았다.

'이거 큰일 났는걸.'

유릭의 예상이 빗나갔다. 그는 적어도 연맹군이 랑케가트를 빠져나갈 때까지는 제국군을 보지 못할 줄 알았다.

'제국군의 숫자가 얼마나 되는지는 모르겠지만 동수라고 가정해도 승산은 낮아. 온갖 운이 따라줘야 겨우겨우 어찌해 볼 만할 거다.'

유릭은 아랫도리를 툭툭 털며 생각을 정리했다.

유릭이 부족회의에 참가했을 무렵에는 많은 부족장이 목소리를 높이며 논쟁을 벌이고 있었다.

"싸웁시다! 여기서 물러날 게 뭐가 있소!"

"우린 강해졌소! 얼마가 몰려오든 싸워서 이길 수 있소이다!"

호전적인 부족장들이 전투를 종용했다. 그 말에 호응하는 전사들이 환호성을 질렀다.

'머저리 같은 전투광들 같으니.'

사미칸이 이맛살을 찌푸리며 주변을 둘러봤다. 유릭이 들어오는 걸 본 사미칸이 입술을 씰룩였다.

"오, 유릭! 왔소이까!"

"대지의 아들 생각은 어떻소? 당연히 싸워야 하지 않겠소?"

다른 부족장들이 유릭에게 달라붙으며 말했다.

"그야 싸워야 하면 싸워야겠지."

유릭이 자리에 앉으며 뿔잔을 들었다. 시중을 드는 여인이 다가와 술을 잔에 따랐다.

"과연 대지의 아들 유릭! 싸움을 피하지 않는구려!"

싸움을 원하는 부족장들이 목소리를 높였다.

술로 입을 축인 유릭은 이야기를 듣다가 천천히 입을 열었다.

"하지만 아마 질 거야. 지금 여기 모인 사람들 대부분이 선조님을 뵈러 가겠지."

유릭이 텅 빈 잔을 보며 중얼거렸다. 혼잣말 같았지만 이 자리에서 그 말을 듣지 못한 사람은 없었다.

"우리가 진다니! 그게 무슨 망발이오!"

"우린 저들보다 강합니다! 유릭!"

약탈과 승리에 취한 부족장들은 제국을 우습게 봤다.

"웃기고 있네. 서부에서 거둔 승리는 반은 운이었어. 저들은 방심했고, 우리의 계책이 죄다 먹혀들어 갔지."

유릭이 도끼를 뽑아서 손톱과 수염을 가다듬었다. 그 태도에 화가 난 부족장이 여럿 있었다.

"대지와 하늘이 우릴 도와줄 거요! 지금까지처럼 말이오!"

"하늘을 돕는 걸로는 전쟁에서 이기지 못해. 물론 우린 모두 뛰어난 전사야. 하나하나의 기량은 부족함이 없어. 하지만 적들은 전투가 아닌 전쟁을 업으로 삼은 군인들이다. 만 단위의 전투를 수십 년 동안 해온 자들이지. 우리가 고작 수백 명 단위로 투닥거리며 싸울 때도 말이야."

"겁을 먹은 거요? 대지의 아들이?"

유릭에게 계속 대꾸하던 부족장이 노골적으로 비난을 퍼부었다.

"아는 게 없으면 무서운 것도 없는 법이지. 무서운 게 없어서 좋으시겠어?"

유릭의 말투도 공격적이었다. 아무리 상대가 대지의 아들이라지만, 부족장도 자신의 체면이 있었다.

"말을 가려 하시오."

"도시 좀 부수고 약탈했다고 기고만장하는 걸 보니 말을 가려 하기도 힘들다고. 약소 부족 하나를 깨부수고 기뻐서 날뛰는 거나 마찬가지잖아."

"유릭!"

대립하던 부족장이 소리를 질렀다. 그는 칼이 있는 허리춤에 손을 가져다 댔다.

보다 못한 사미칸이 누구 하나 죽기 전에 소리를 내질렀다.

"그만! 지금 우리끼리 이럴 때인가? 유릭, 날 따라와라."

사미칸이 고갯짓을 하며 천막 뒤로 나갔다. 유릭은 자신과 말싸움을 하던 부족장을 노려보다가 일어섰다.

사미칸과 유릭은 다른 부족장이 듣지 못하는 곳에서 입을 열었다.

"유릭, 뭐 마음에 들지 않는 거라도 있나? 쓸데없이 도발해서 분란을 만드는 것처럼 보이는군."

"멍청하게 구는 건 저놈이잖아. 다짜고짜 싸우자고 말하는 놈들은 미친 거지. 죽으려면 혼자서 죽으라고 그래. 여기서 우리가 전부 죽으면 남은 부족민들은 어떡하자는 거야?"

"저들이 바보처럼 구는 게 하루 이틀인가? 하지만 다들 용맹한 부족장들이다."

유릭이 머리를 긁적이며 대답하지 않았다. 사미칸은 북적이는 야영지를 훑어보다가 말을 이었다.

"나도 제국군이 강하다는 건 알아. 그래도 싸워보지도 않고 도망갈 순 없어."

"사미칸, 여기선 생각할 것도 없어. 무조건 후퇴다. 희생을 다소 보더라도 도망가는 게 맞아."

"나는 하늘의 뜻을 받들었고, 넌 대지의 아들이다. 다른 전사들의 모범이지. 형제여, 우린 전사답게 굴어야 돼. 적어도 칼을 맞부딪쳐보고 도망가야 한다."

사미칸이 유릭의 양어깨를 잡았다. 유릭이 그 손을 걷어내며 코웃음 쳤다.

"요컨대 이대로 그냥 도망가기에는 대부족장의 체면이 살지 않는다는 거로군. 그 체면 때문에 얼마나 죽어야 만족할 거지? 엉?"

"내가 아는 유릭은 무모할지라도 싸움을 피하지 않는 전사였다."

"너야말로 사리 분별을 그렇게 잘하더니…… 갑자기 아주 열광적인 전사가 되었군."

유릭이 그 말을 하다가 사미칸의 얼굴을 쳐다봤다.

'사미칸의 안색이 피폐하다.'

유릭이 코를 킁킁거렸다. 그가 사미칸의 허리춤에 매달린 가죽 주머니를 뺏었다. 워낙 손이 빨라서 사미칸은 유릭의 팔을 잡지도 못했다.

"이제는 대족장의 물건에 손을 대는 거냐?"

사미칸이 인상을 찌푸렸다.

유릭은 사미칸의 가죽 주머니에 들어 있는 물건을 꺼냈다. 약초를 뭉쳐 만든 환약이었다. 주머니에서 꺼내자 지독한 냄새가 났다.

'주술사의 환약. 고통을 지워주지만 판단력도 흐리게 만들며, 때론 환각을 보여주기도 하지.'

환약은 주술사가 만드는 약 중에서도 가장 효과와 지속력이 뛰어났다. 그만큼 독하다는 의미다.

"사미칸, 이건 죽음을 앞둔 노인네들이나 먹는 거잖아. 그렇게 상태가 좋지 않은 거냐?"

사미칸은 가죽 주머니를 다시 낚아채며 유릭을 노려봤다.

"상관 마라."

"전사는 항상 정신이 맑아야 한다. 약을 쓸 거면 그 자리에서 물러나."

유릭은 주술사의 약과 환각제를 경계했다. 약은 몸과 정신을 둘 다 녹슬게 한다.

"헛소리. 이건 내가 세운 연맹이다. 나 말고 누가 연맹을 이끈단 말이지? 설마 너라고 생각하냐? 네가 날 대신할 수 있다고 생각해?"

"약에 취한 사람보다야 낫겠지."

"내 권위를 넘보지 말라고 경고했던 걸로 기억하는데?"

"그런 권위는 줘도 안 가져."

"그럼 어떻게 싸워야 할지부터 생각해라. 문명세계에 오래 살다 보니 놈들처럼 겁쟁이가 된 거냐?"

유릭이 잠시 가슴을 매만졌다. 심장이 욱신욱신 아려왔다.

유릭은 자신과 연맹이 저지른 학살과 약탈을 떠올렸다. 약한 자가 강한 자에게 먹히는 건 당연하다.

'나는 후회하고 있는 건가……'

영원한 쾌락은 없다. 문명을 부수며 느꼈던 환희도 점차 잦아들었다. 욕망의 불꽃이 꺼지고 남은 건 불쾌하고 눅눅한 감정의 배설물뿐.

"그래, 문명인처럼 겁쟁이가 되었을지도 모르지."

유릭은 자신도 모르게 그런 말을 내뱉었다. 사미칸이 눈을 크게 떴다.

"······그럼 너야말로 전사들을 이끌 자격이 없군, 유릭."

사미칸이 유릭을 지나치며 회의에 다시 참석했다.

유릭은 머리를 식히며 자신의 손을 바라봤다. 묻지도 않은 피가 보였다. 유릭이 죽여온 사람들의 피다.

'너는 누구냐, 유릭.'

부족사회에서 약한 건 죄다. 강한 전사가 더 많은 걸 가진다. 약탈은 전사의 당연한 권리였다.

스멀스멀.

감정이 시커멓게 피어오른다. 유릭의 마음 한구석에서는 판결을 내리고 있었다.

'문명 세계에서 약탈은 당연한 권리가 아니야.'

유릭의 마음에서 부족전사의 삶을 부정하는 파문이 일었다. 지금까지 전사들의 약탈 행위를 보면서 유릭이 느꼈던 건 쾌감이 아니었다. 무력하게 죽어가는 자들을 보며 예전처럼 웃을 수가 없었다.

욕망의 불꽃에 타고 남은 재가 유릭의 가슴을 답답하게 채워갔다.

Chapter 8

쏴아아아아!

비가 쏟아진다. 땅바닥이 질척하다. 그리고 붉다. 비와 피가 섞인 진흙탕.

연맹군의 대전략은 유인책이었다. 그들은 소규모 교전을 조금씩 벌이며 제국군을 안으로 끌어왔다. 랑케가트 동쪽 국경에는 산악 지형이 많았고, 보병이 대부분인 연맹군에게는 유리했다.

'……어떻게 된 거지?'

유릭은 어질어질한 머리를 붙잡으며 일어섰다. 파편으로 흩어진 기억들이 좀처럼 모이지 않았다.

"아아아아아!"

제국 보병이 창을 깊게 찌르며 유릭에게 달려들었다.

카앙!

유릭은 제정신이 아닌 와중에도 적의 창을 칼로 걷어내며 빙글 돌아 도끼를 휘둘렀다.

촤악!

유릭의 도끼가 적의 목을 찍는다. 피가 유릭의 뺨에 닿았다.

"어떻게 된 거지?"

유릭이 다시 자문했다.

'우리의 계획은 산악지대로 제국군을 유인해 교전을 벌이다가…… 빠른 기동력을 이용해 빠지는 것.'

사미칸도 어디까지나 후퇴를 위한 교전을 원했다. 단단히 준비한 제국군을 상대로 승산이 없다는 걸 알기 때문이다.

제국군을 상대로 이기려면 준비된 지형과 전략이 필요했다. 야만의 기백과 용맹만으로 상대하기에는 노련한 군대였다.

'우린 예정대로 제국군을 유인했다. 우리를 따라오는 제국군의 숫자는 1만이 좀 넘었지.'

유릭은 용맹하게 싸웠다. 소규모 교전에 참여하며 적들을 산악지대 안쪽으로 끌어왔다.

'어쩌면 이길지도 모른다는 생각도 했었다. 교전을 벌이며 뒤로 빠질 때마다 전과가 나쁘지 않았어.'

유릭이 눈을 굴리며 주변의 전사들을 바라봤다. 팔다리가 하나 정도는 부러지고 나간 전사들이 엉거주춤하게 일어섰다. 부상이 심해 목숨이 얼마 남지 않은 자들도 여럿이었다.

"유릭!"

누군가가 유릭의 이름을 불렀다. 그 목소리가 유릭의 귓가에 깊게 파고들었다.

'머리가 울린다. 뒷덜미가 아려와.'

유릭은 자신의 뒷덜미를 매만졌다. 질척한 피가 손에 닿았다.

'기억이 흐리고 의식이 끊어진 건 머리를 맞아서였군.'

유릭의 현실감각은 아직도 돌아오지 않았다. 꿈을 헤매듯 멍했다. 머리를 흔들던 유릭이 비틀거렸다.

"후퇴해야 돼! 정신 차려!"

볼드가 유릭을 부축하며 다른 전사들을 불러 모았다.

"어떻게 된 거지? 볼드"

유릭이 중얼거리듯 물었다. 유릭의 상태가 심상치 않음을 확인한 볼드가 대답했다.

"우린 포위당했었다, 유릭. 후퇴하던 우리를 기다리던 건 기사들이었지. 적들의 숫자는 우리 예상보다 훨씬 많았어. 우리를 두껍게 포위할 정도로 많았지."

연맹군은 정찰에 실패했다. 제국군은 자신들의 병력을 전부 내보이지 않고 두 갈래로 나눴었다.

"하지만 산지였잖아. 어떻게 우리보다 앞질러 뒤를 포위했다는 거야?"

유릭이 간신히 기억을 짜냈다.

"나도 그게 의문이야. 그 많은 병력이 어느새 우리 후방을 잡고는 산을 올라오고 있었어. 우리의 눈에 띄지 않고 그게 가능하다니, 도대체 무슨 수작을 부린 거지?"

기동력에서 앞선다고 생각했던 연맹군은 산악지대에서 뒤를 잡혔다. 앞뒤로 포위된 상황에서 연맹군은 망치에 찍히듯 부서졌다.

'왜 이렇게 뒤를 쉽게 잡힌 거지? 우리가 어디서 실수한 거야?'

볼드도 유릭의 부관이나 마찬가지라서 전략회의에 참여했었다. 다소 불안감은 있었으나, 이건 예상치도 못한 변수였다. 차라리 예상했던 불안 요소였다면 차선책으로 대응이라도 했을 터다.

뿌우우우우!

연맹군의 뿔피리가 연달아 크게 퍼졌다. 후퇴 신호였다.

이미 신호를 내리기도 전에 후퇴하는 부대가 대다수였다. 제국군의 추적을 피해 전사들은 절벽이나 다름없는 험지를 굴러서 내려갔다.

"정신 차려, 유릭. 고작 뒤통수 한 대 맞았다고 이렇게 뻗어서 돼지는 건 아니겠지?"

볼드는 평소처럼 유릭의 걸걸한 대답을 기다렸다. 돌아오는 건 유릭의 묵직한 숨소리뿐이었다.

제국군은 야만인 군대에게 큰 타격을 줬다. 제국군의 진영에서는 들뜬 목소리만 나왔다.

"일망타진했습니다! 장군! 놈들이 도망가기 바쁘군요! 당장 추격대를 꾸리겠습니다."

카르니우스는 눈을 가늘게 떴다.

"랑케가트를 파멸로 몰고 간 집단이 고작 이 정도였나?"

카르니우스의 눈동자는 전장 전체를 보고 있었다. 그는 눈으로 보이지 않는 곳까지 머릿속으로 그리며 전장의 흐름을 읽었다.

'보병전에 자신이 있어서 산악기동을 한 건 잘한 짓이다, 야만인.'

산악지대에서는 제국군의 가장 큰 무기인 중기병 운용이 힘들었다. 야만인들도 중기병을 두려워했기에 산악지형을 택했다.

'놈들은 소규모 교전을 벌이다가 후퇴하길 반복하며 우리를 깊게 끌어들였지.'

카르니우스는 야만인의 얕은수를 보는 순간 웃고 말았다.

'그래서 져줬다. 희망을 심어줬지.'

그는 제국군에서도 질이 떨어지는 징집병을 전방에 세웠다. 덕분에 야만인들은 소교전에서 좋은 결과를 여러 번 냈다.

야만인들은 소교전에서 거둔 성과 때문에 더 적극적으로 교전을 벌였다. 그래서 자신들의 뒤로 접근하는 무리를 읽지 못했다.

'여긴 네놈들의 땅이 아니야. 우리 문명인의 땅이지.'

제국군에게는 왕국과 제국의 국토가 세밀하게 그려진 전술 지도가 있었다.

'우린 전투마에 병사와 기사를 두 명씩 태워 우회기동으로 보냈지.'

카르니우스는 야만인 군대의 후퇴 예상경로에 육천에 달하는 기사와 병사들을 보냈다. 말은 산을 오르진 못했지만, 대신에 산악지대를 가로지르는 협곡으로 내달렸다. 전투마를 타고 후방에 도착한 기사와 병사들이 하마해서 도보로 산을 올라 야만인들을 포위했다.

'협곡의 샛길로 말을 타고 이동한 기사와 병사들은 야만인들의 후방을 잡아서 포위하는 데 성공했어.'

예측지 못한 제국군의 후방기습에 연맹군은 완전히 무너졌다. 더군다나 총병력의 숫자도 제국군이 훨씬 많았다.

'우리는 정예군을 전방이 아니라 후방포위에 대부분 투입했다. 산악지대를 단시간에 올라 야만인을 포위하는 건 잘 훈련된 병사들만 할 수 있지.'

만약 연맹군이 후퇴유인 대신에 정면돌격을 고수했다면 오히려 제국군이 위험했을지도 모른다. 제국의 정예군이 후방포위를 위해 우회기동하는 중이었는데, 연맹군이 뒤로 빠지지 않고 앞으로 돌격했다면 질이 낮은 병력으로 무시무시한 야만전사를 막아야 하는 상황이었다.

'어설프게 영리한 군대였어. 과감한 판단을 못 하고 정석대로 조금씩 후퇴하면서 우리를 유인했었지.'

포위당한 연맹군은 본능적으로 전방이 아닌 후방으로 활로를 뚫으려고 했다. 보통 후방의 병력층이 더 얇을 거라 판단하기 때문이다.

하지만 연맹군의 후방을 포위한 제국군이야말로 군단의 정수였다. 부족전사들이 마주하기 싫었던 기사와 중보병들이 야만전사들을 공격했다.

"이게 네 아버지인 철혈의 카르니우스다, 리오. 야만인들의 전략사고를 읽어내서 그 허를 찔렀지."

노기사가 카르니우스의 아들 리오에게 말했다.

"우리의 피해라곤 소교전에서 미끼로 던져 준 징집병들밖에 없군요……. 야만인에게 죽으라고 보낸 자들이죠."

"네 아비는 예전부터 옆구리를 내주고 적의 목을 치던 수법을 자주 썼지. 전쟁에서는 사상자가 나올 수밖에 없다. 지휘관은 군대를 소모하는 걸 두려워해선 안 돼. 생명은 단순한 숫자이고 교환할 수 있는 자원이다."

"생명은 단순한 숫자……."

리오는 그 말을 곱씹었다. 열정적인 젊은 기사에서는 거부감이 이는 말이었다.

카르니우스의 전략이 먹혀들어 간 덕택에 제국군은 큰 희생 없이 연맹군을 수세에 몰아붙였다. 전략의 방향성을 잃은 연맹군은 중소부대로 흩어지며 후퇴하기 시작했다.

후퇴하는 연맹군 속에는 유릭도 있었다. 유릭은 혼미한 정신 속에서 자신을 부축하는 볼드를 바라봤다.

'충실한 형제 볼드. 같이 죽는 한이 있어도 나를 버리고 가진 않겠지. 하늘산맥에서 날 두고 갔던 일을 평생 후회하고 있었으니까.'

볼드의 악다문 입이 굳셌다. 그는 덩치가 커다란 유릭을 부축하면서도 꾸역꾸역 걸어갔다.

"볼드, 내 안주머니를 봐라."

유릭이 눈동자를 굴리며 말했다.

"뭐?"

"안에 가루를 말아둔 궐련이 있을 거다."

"지금 그런 걸 피울 때야? 제정신이냐? 불 피울 시간도 없다고."

"피우진 않을 거야. 안에 든 걸 내 입안에 털어 넣어."

유릭은 오래전에 노파 주술사에게 피우는 약을 받았다. 부상을 입었을 때나 피우려고 가지고 다녔었다.

'이렇게 사용할 줄은 몰랐는데……'

유릭이 텁텁한 가루를 침에 녹여 삼켰다. 쌉쌀한 맛이 혓바닥과 목구멍으로 넘어갔다.

기이잉.

유릭의 귓가에서 이명이 들렸다. 금방 약효가 돌았다. 섭취용이 아니라서 유릭이 삼킨 약가루는 치사량에 가까웠다.

쿵, 쿵.

심장이 뛰고 뇌가 녹아내리는 듯했다. 볼드의 얼굴이 일그러져 보였다.

"카악."

유릭이 비명을 지르며 상체를 구부렸다. 그의 노란 동공이 비정상적으로 커졌다.

"유릭?"

"빌어먹을, 할망구. 더럽게 약효가 세네."

유릭이 숨을 헐떡였다. 그는 진흙을 한 움큼 쥐어서 뒤통수에 치덕치덕 발랐다. 통증은 아릿한 쾌락처럼 느껴졌다.

"주변의 전사들을 모아. 탈출한다."

약효과로 기력을 회복한 유릭이 혼자서 일어서며 말했다.

기이잉.

유릭의 귓가에는 전사들의 목소리가 여럿 중첩되어 들렸다. 시야가 구부러지듯 일렁였다. 빗물이 땅에 튈 때마다 소리가 여러 색깔로 번졌다.

'정신 차려라, 유릭.'

유릭은 스스로를 다잡았다.

'우린 어디로 도망가야 하지?'

나팔수는 후퇴 신호만 보냈다. 그 누구도 어디로 도망가야 할지 명확한 진로를 잡지 못했다.

"전사들을 모았어! 유릭! 뒤로 빠지자."

볼드가 옆에서 말했다. 유릭은 후방을 바라봤다.

'볼드의 말이 맞아. 우린 포위된 상태야. 후방으로 활로를 뚫어야 한다. 하지만……'

유릭의 눈동자가 쉴 새 없이 깜빡이며 떨렸다. 그는 후방에서 피어오르는 열기를 느꼈다.

'붉다.'

후방의 수풀 사이로 붉은 무언가가 느껴졌다. 살의에 가득 찬 기운이 넘실넘실 흔들렸다.

'후방은 불길해.'

유릭은 오히려 전방을 바라봤다. 전방에서는 제국군의 본대가 포위망을 좁혀오며 전진하고 있었다.

'오히려 전방의 붉은 기운이 더 옅다.'

유릭은 그런 생각을 하다가 고개를 흔들었다.

'내가 미쳤군. 약에 취해서 보는 망상 따위……'

붉은 기운 따위는 아무런 근거도 없는 망상이었다. 후방의 붉은 기운은 강했고, 제국군 본대라고 생각했던 전방의 붉은 기운이 오히려 약했다.

"유릭?"

볼드가 유릭의 행동을 재촉했다.

'아직 유릭이 정신을 차리지 못한 건가? 그렇다면 내가……'

볼드는 유릭을 대신해 명령을 내리려고 했다.

"잠깐."

유릭이 팔을 들어서 볼드를 제지했다. 그는 멍하니 나무그늘을 바라봤다.

'또 나타나셨군, 울가로.'

유릭은 울가로를 보고 있었다. 비가 후두둑 떨어지는 전장에서 날개투구를 쓴 울가로가 서 있었다. 나무 아래의 그림자 속에 서 있는 울가로가 조용히 칼을 뽑아 전방을 가리켰다.

이토록 선명한 환상은 오랜만이었다. 유릭이 눈을 비비곤 울가로를 다시 쳐다봤다.

피-슛!

울가로는 온데간데없고, 그 자리에는 부족전사가 서 있었다. 힘겹게 서 있던 전사는 제국군의 화살에 맞아 쓰러졌다.

'내가 미쳐 버린 건가.'

마음과 육체가 둘 다 나약해진 상태에서 환상을 마주했다.

'하지만 그전부터 후방이 불길하다는 생각이 들었어. 생각해라, 유릭. 기억을 더듬어라.'

환상은 그저 불안감과 직관이 형상화되었을 뿐인지도 모른다.

유릭은 무수히 많은 사선을 넘어왔다. 전사는 때론 자신의 직관을 믿어야 했다.

후방에서 유릭과 전사들이 맞이한 건 무장한 기사들이었다. 후방과 충돌했던 연맹군 부대들은 막대한 피해를 입었었다.

'확신은 없어.'

오히려 연맹군은 유인책을 펼치며 전방의 제국군과 소교전하면서 큰 이득을 얻었다.

'애초에 손해를 감수했던 소교전에서 이득을 얻은 게 잘못된 거야. 유인책을 펼치는 쪽이 교전에서 이득을 계속 보고 있었다고? 말도 안 되는 거지. 상황이 이상하게 좋았어.'

확신 없는 심증들이 겹쳐 갔다.

'지금 내가 하려는 짓은 약에 취해 저지르는 미친 짓일지도 모른다.'

유릭이 칼을 지팡이 삼아 몸을 지탱했다. 그가 상체를 세우며 눈을 크게 떴다.

"볼드, 전사들에게 전해라. 나 유릭은 전방으로 돌파한다."

"그게 무슨 개 같은 소리……."

"주변 전사들에게 전해."

유릭이 단호하게 다시 말했다.

"제기랄! 널 위해 죽겠다고 말을 했지만……! 나도 모르겠다. 빌어먹을."

볼드는 유릭이 시키는 대로 백부장들에게 명령을 전달했다. 지금 상황에서 유릭의 명령이 닿는 전사들은 약 천오백가량이었다.

유릭의 부대와 얼마 떨어지지 않은 게오르크 용병대는 다른 야만인들처럼 후방으로 돌파할 준비를 했다. 그들은 연맹군 중에서도 가장 사기가 낮았다.

"그, 그냥 투항하자. 게오르크! 이대론 저들과 같이 죽을 거야."

그 말을 들은 게오르크가 식은땀을 흘리며 웃었다.

"하하, 투항한다고 우리를 살려줄 것 같아? 우리들은 노예 출신에다가 야만인들투성이라고."

문명인 용병대라고 해봐야 노예와 하층민 출신인지라 남부 야만인과 혼혈이 섞여 있었다. 그들이 투항한다고 제국군이

봐줄 리가 만무했다. 본보기로 목이 잘려 나갈 게 분명했고, 운이 좋아 봐야 다시 족쇄를 찬다.

제국군은 급하게 연맹군을 공격하지 않았다. 승기를 잡은 뒤로 포위망을 가지런히 유지하며 완벽과 신중을 기울였다.

게오르크는 남은 용병대를 수습하다가 유릭의 부대 쪽을 바라봤다.

'유릭?'

유릭도 병력을 수습하고 돌파를 준비하는 듯했다. 그러나 그 방향이 이상했다.

'전방으로 돌파할 셈인가?'

유릭의 부대는 쐐기 진형을 갖추고 진격 방향을 전방으로 잡았다.

게오르크는 고민했다. 야만인 부대는 머리를 잃고 제각기 다른 방향으로 흩어지고 있었고, 군대 전체에 통일된 명령이 오갈 정도의 여유조차 없었다. 지금은 야전지휘관들의 판단에 모든 걸 의존했다.

'저 멍청한 야만인들을 믿을 바에 유릭을 믿고 말지!'

게오르크는 유릭을 안다. 그가 만나본 사람들 중에서도 손에 꼽힐 정도로 영리한 사람이었다.

'유릭이 이런 상황에서 무의미한 짓을 할 리가 없어. 전방이 더 돌파하기 쉽다고 판단한 건가? 어쩌면……'

게오르크는 용병대의 방향을 틀어서 유릭의 부대를 쫓았다. 칠백여 명 정도 남은 게오르크 용병대가 유릭의 군대 뒤에 따라붙었다.

"게오르크의 부대가 우리 뒤로 따라붙었어."

볼드가 뒤를 보며 유릭에게 외쳤다.

말이 오가진 않았지만, 게오르크가 유릭의 판단에 증원을 했다. 생각과 마음이 통한 셈이었다.

"후우, 후우."

유릭이 숨을 들이마셨다. 눈앞이 오락가락했다. 떨어지는 빗방울이 닿을 때마다 피부가 얼어붙는 듯했다. 현실과 환상의 경계를 보는 눈동자가 빠질 것처럼 아팠다.

유릭은 후퇴하는 시간을 손해 보면서까지 부대를 모아서 진형을 단단히 갖췄다.

'내 판단이 틀렸으면 우린 여기서 전멸이다.'

이젠 포위망이 바짝 조여져서 다른 방향으로 후퇴할 시간조차 없었다. 몇몇 연맹군 부대는 막대한 희생을 감수하고 가까스로 포위망을 벗어났다. 그중에서는 사미칸의 부대도 있었다.

"볼드, 돌격 나팔을 불어라."

유릭이 도끼와 칼을 들며 중얼거렸다.

뿌우우우-!

볼드가 신호를 보냈다. 유릭의 신성을 믿는 전사들이 앞으로 나아갔다.

볼드가 신호를 보냈다. 유릭의 신성을 믿는 전사들이 앞으로 나아갔다.

카르니우스는 승리의 바람을 느꼈다. 전장의 흐름이 올곧게 뻗어 나가고 있다. 좋은 기운이 제국군의 등을 떠밀었다.

승리를 맛본 장군은 숨을 작게 달싹이며 다음 지시를 내렸다.

"딜렌 공, 병력을 이끌고 전투마를 회수해 추격대를 짜시오."

카르니우스가 본대의 좌익병력을 움직였다. 그들은 포위망에서 빠져 말을 회수하러 갈 터다.

'이걸로 당분간 황제폐하의 무리한 개척사업에 반대할 명분을 얻겠군.'

황제 얀키누스는 개척탐험사업을 둘이나 동시에 하고 있었다. 아무리 황금기의 제국이라도 지출이 만만찮았다.

'매년 막대한 돈을 들여 포를카나의 대양탐사를 지원하고 있지. 이번 서부의 야일루드도 무리하게 일을 벌인 거나 마찬가지야.'

얀키누스는 귀족을 짜내 개척사업에 투자했다. 그리고 귀족들은 그만큼 백성들의 고혈을 더 짜냈다.

"미래를 위한 투자라……. 어쩌면 내가 새시대를 방해하는 구시대의 인물일지도 모르지."

카르니우스가 낮게 웃었다. 일이 잘 풀린다면 황제 얀키누스의 개척사업이 제국에 큰 부를 가져올지도 모른다. 그때가 되면 개척사업에 반대했던 카르니우스는 시류를 읽을 줄 모르는 노인네로 기억될 터다.

"아버지, 저도 앞에 나가서 지휘하겠습니다."

리오는 몸이 근질근질한지 가만히 있지 못했다. 그는 당장에라도 병사를 이끌고 야만인들을 쫓고 싶었다.

"경험을 쌓아보는 것도 나쁘지 않겠지."

카르니우스가 리오의 출정을 허가했다. 이런 실전경험을 쌓을 기회는 자주 없다. 카르니우스도 대규모 전쟁을 보여주기 위해 리오를 끌고 나왔다.

리오는 병력을 이끌고 전진했다. 그는 말을 타고 보병대 앞에 섰다.

"하하, 허겁지겁 도망가기 바쁘군."

리오는 자신감이 붙어 병력을 전진 배치했다.

'악독한 놈들. 생포 따윈 하지 않겠다.'

리오도 랑케가트의 참상을 목격했다. 사람이 한 짓이라고 믿기 힘든 학살과 약탈이었다.

야만인들이 같은 인간이라고 느껴지지 않았다. 리오에겐 짐승과 다를 바 없는 놈들이었다.

"야만인들의 목을 베어 루의 아들과 딸을 지키는 거다! 태양의 축복이 제군들에게 있으라!"

"태양 만세!"

리오는 도망가는 야만인들을 쫓아 그 목을 베었다.

스컹!

살인은 오랜만이었다. 불쾌한 감각이 리오의 손끝에 맴돌았다.

'이놈들은 인간이 아니다.'

리오는 애써 살인을 합리화했다. 제국치하가 안정되고 태어난 세대는 전쟁과 살인에 익숙하지 않았다. 기사로 훈련받은 리오도 별반 다르지 않다. 눈만 뜨면 전쟁터로 내몰리던 아버지 세대와는 달랐다.

"후읍."

말을 탄 리오가 창으로 도망가는 야만인의 등을 찔렀다. 야만인이 쓰러지면서도 도끼를 던졌다.

"어림없다!"

야만인의 도끼는 리오의 어깨갑주에 튕겨 나갔다. 주변의 병사들이 리오를 거들어 야만인의 가슴을 찔렀다.

"크르륵."

야만인이 피거품을 물며 죽었다.

'역시 야만인. 보통 사나운 게 아니야.'

리오는 고개를 들어서 다음 야만인 무리를 찾았다.

"하, 저기 또 도망가는 놈들이……."

리오가 말을 하다가 말았다. 쏟아지는 장대비 사이로 야만인들이 보였다. 그들은 도망가는 야만인들이 아니었다.

'이쪽으로 돌격하고 있어?'

예상 밖의 상황이었다. 야만인들 중 일부가 쐐기 진형을 갖추고 제국군의 본대로 돌진했다.

야만인의 돌진 경로에는 리오의 부대도 있었다. 리오는 당장 병사들을 불러 모아 방진을 갖췄다.

'어째서 이리로 오는 거지?'

그의 아비인 카르니우스의 전략은 완벽했다.

'전방에 있는 우리 본대가 후방의 포위군보다 약할 거라고 판단한 건가? 그런 판단이 가능하다고?'

리오는 침을 꿀꺽 삼켰다. 상식적으로 말도 안 되는 판단이다. 중앙의 본대가 가장 강한 건 전쟁의 상식이다.

'아버지는 그런 상식을 함정으로 깔고 정예군을 야만인들의 후방으로 보냈지.'

제국군의 본대는 당연히 강한 주력군이 있을 것이다. 이런 상식을 심어뒀기에 카르니우스의 전략은 먹혔다.

하지만 가끔 전장에는 귀기, 좋게 말해서 신기가 들린 듯한 행동과 판단을 하는 자들이 있다. 생사의 경계에서 논리적 판단에 맡기지 않고 직관과 본능에 생명을 거는 자들. 가능성이 높은 곳보다 가능성이 낮은 곳에 목숨을 걸고 덤비는 부류가 있다.

전사라면 오히려 죽음을 향해 달려야 생문을 발견하곤 한다.

"오오오오오오!"

야만인들의 함성에는 기백이 있었다. 그들은 압도적으로 불리한 상황에서도 사기를 잃지 않았다.

'이건 말도 안 돼.'

그런 생각을 한 건 제국군만이 아니다.

유릭을 따르는 전사들도 긴가민가했다. 그들은 포위된 상황에서 적의 본대를 향해 달리고 있다. 자살이나 다름없는 돌격이었다.

"우리 앞에 서 있는 건 유릭이다!"

볼드가 외쳤다.

전사들이 앞으로 나아갈 수 있는 건 유릭 덕분이었다. 유릭이 쐐기 진형 가장 앞에서 달리고 있었다.

'이미 칼을 뽑았다. 판단을 의심하고 고민할 시기는 지났어. 남은 건 싸움이다.'

붉은 광기가 유릭의 뇌리를 가득 채웠다.

"후오오오오-!!"

유릭이 가장 앞에 서서 방진을 친 리오의 부대와 충돌했다.

피와 살, 그리고 철이 얽힌다. 공포 어린 비명과 살의 서린 외침이 교차했다.

리오의 호위병사들은 그의 가문사병으로 상당히 우수한 병력이었다. 하지만 주변을 받쳐주는 병사들은 장비도 실력도 떨어지는 징집병들이었다.

"카아아악!"

유릭의 쐐기 진형이 리오의 방진을 파괴했다. 순식간에 둘러싸여 잡아먹히는 형세가 되었다.

"도련님을 지켜라!"

남은 리오의 호위병이 원을 그리며 야만인들과 대치하다가 하나씩 죽어 나갔다.

'여기서 죽는다고? 이 내가?'

리오는 상황이 믿기지 않았다. 사방이 야만인이었다. 호위병사들은 어느새 반수 넘게 쓰러졌다.

리오의 실전경험이라곤 도적 떼나 쫓아다닌 게 전부였다. 항상 우세한 상황 속에서 싸웠고, 생명의 위협을 느껴본 적이 없었다.

캉!

리오가 칼을 들어서 야만인의 공격을 쳐 냈다.

'이대론 죽는다.'

자존심과 명예 따윈 사라졌다. 리오가 굴욕적인 생각을 했다. 스스로 몸값을 제시하는 것.

"나, 나는 귀족이다! 카르니우스 가의 장…… 남……."

야만인의 칼날이 반짝였다.

리오가 자신의 목줄을 붙잡았다. 그는 말을 잇지 못했다. 칼에 베인 목젖에서 피가 쏟아지고, 피거품이 끓는 소리만 났다.

곧 전사들이 리오의 시체를 짓밟으며 지나갔다. 그들에겐 잠시도 낭비할 시간이 없었다.

콰직!

유릭이 팔을 길게 뻗어서 도끼로 병사의 머리통을 날렸다. 그는 숨을 깊게 들이마시며 눈을 치켜떴다.

"함성을 내질러라! 적들을 공포에 떨게 하라! 우린 아직 살아 있다!"

유릭의 외침은 스스로에게 하는 말이기도 했다. 그의 육체와 정신은 기묘하게 엇갈리고 있었다.

'몸이 둔해. 몸과 생각이 따로 논다. 현실감이 없어서 죽을 거라는 느낌마저 들지 않아.'

결코 좋은 현상이 아니었다. 죽음이 바짝 뒤에 붙어 따라오는 감각은 전사에게 중요했다. 죽을지도 모른다는 위기감과 긴장감이 오감을 바짝 조인다. 감각이 최고조에 달하면 유릭은 보이지 않는 곳에서 날아오는 화살마저 피하곤 했었다.

'지금은 화살은커녕 눈앞에 쇳덩이들을 보는 것조차 어지럽다.'

유릭이 허리를 굳게 세우고 어깨를 폈다. 눈앞에 제국군의 본대가 보였다.

유릭의 부대는 쐐기 진형을 유지하며 제국군의 본대를 향해 돌격했다. 제국군 본대에서도 유릭의 부대를 발견하고 궁수를 준비했다.

"발사!"

제국군 본대에서 화살비가 튀어 올랐다.

유릭은 땅바닥을 구르며 죽은 제국군의 방패를 쥐고 들어 올렸다.

투두두둑!

화살세례가 유릭의 부대를 쓸고 지나갔다. 방패가 없는 전사들은 그저 운에 목숨을 맡기며 앞으로 달렸다.

"자, 무기를 들고 내달려라! 저들은 우리를 두려워하고 있다!"

화살이 꽂힌 방패를 내던진 볼드가 목청이 찢어져라 외쳤다.

"우와아아아아아아아!"

쐐기 진형은 제국군의 포위망 한쪽을 강타했다.

'할 수 있다!'

유릭이 제국병의 방패를 몸통박치기로 밀어냈다. 제국병 서

넛이 유릭의 힘에 밀려 주춤거리다 넘어졌다.

쾅직!

유릭은 거침없이 제국병의 머리를 발로 짓밟아 깨뜨리고, 다가오는 병사의 팔을 도끼로 쪼개듯 부러뜨렸다.

'장비와 전투기술이 떨어지는 병력이다.'

유릭이 얼굴에 들러붙은 핏물을 닦으며 입꼬리를 비틀었다. 그만 그렇게 느낀 게 아니었다. 교전을 벌인 전사들은 손쉽게 병사들을 쓰러뜨렸다. 상대가 약하다는 생각이 들자, 전사들의 칼날은 더욱 매섭게 빛났다.

"히, 히익!"

겁을 먹고 주춤거리는 병사들이 서로를 떠밀며 스스로 진형을 무너뜨렸다. 지휘장교들의 독려에도 병사들은 머뭇거리기만 했다.

'야만인들이 어째서 이리로 온 거지?'

제국군의 주력인 중보병과 기사들은 본대에서 대부분 빠진 상태였다.

'카르니우스 장군의 계책을 야만인이 읽어냈을 리가 없어.'

지휘장교조차 몰려오는 야만인을 보며 암담한 표정을 지었다.

유릭 부대의 돌발적인 행동은 카르니우스에게도 충격이었다.

'내 전략을 야만인이 읽은 건가?'

카르니우스는 고개를 저었다.

'내 전략을 읽었으면 진작 야만인을 규합해 정면으로 치고 왔을 거다. 아마도 즉흥적인 판단이었겠지.'

야만인들의 돌파력은 무시무시했다. 단숨에 제국군의 진영을 가르며 길을 만들었다. 징집병들이 주축인 방어선으로는 야만인들을 저지하지 못했다.

"오오오오오오!"

돌파구를 연 전사들이 소리를 지르며 좌우로 무기를 휘둘렀다.

"유우우우우릭!"

전사들이 유릭의 이름을 외쳤다. 유릭이 그들을 삶으로 이끌었다. 죽음의 밑바닥까지 가라앉았다가 마시는 삶의 공기는 달달하기 그지없었다.

유릭의 부대는 다른 연맹군의 부대보다 훨씬 적은 피해를 입고 포위망을 뚫는 데 성공했다. 더군다나 거리상으로도 제국군의 주력병력과도 멀리 떨어진 상태였다. 가장 위험해 보였던 방법이 정답이었다.

'유릭, 어떻게 이걸 알아챈 거냐? 여기로 가는 게 더 쉽다는 걸 어떻게 안 거지?'

유릭의 옆에 딱 달라붙어 있던 볼드조차 믿기 힘들었다. 그런 상황에서 제국군의 정면으로 돌격한다는 판단은 경악스러왔다. 다른 부족장이 그런 말을 했으면 아무도 따라오지 않았을 것이다.

제국군은 유릭의 부대가 뚫고 간 빈 공간을 메웠다. 그들은 도망간 야만인을 쫓기보다 아직 포위망을 벗어나지 못한 야만인을 섬멸하는 데 집중했다.

카르니우스는 뒤를 돌아서 과감한 판단을 한 야만인 무리를 바라봤다.

"쫓을까요?"

"아니, 일단 보내라. 지금 쫓았다가는 우리의 피해만 클 터. 자칫하면 포위망 자체가 무너진다."

카르니우스는 침착하게 지시했다. 야만인이 얼마나 도망가든 간에 전투에서 승리한 건 제국군이었다. 전과를 더 올리려고 초조해할 필요가 없다.

'야만인들 중에서 누가 정면으로 돌파한다는 결정을 내린 걸까?'

야만인의 전략 사고 수준에서 나올 판단력이 아니었다. 카르니우스의 함정은 문명세계에서 구르고 구른 백전노장이나 간파할 만한 수였다.

카르니우스는 패주하는 야만인들을 응시했다. 그는 남은 야만인들 섬멸이 끝나는 즉시, 병력을 재편해 놈들을 쫓을 생각이었다. 그의 머릿속에서 온갖 전략이 오갔다.

누군가가 카르니우스의 상념을 방해했다.

"카르니우스 장군."

부관 하나가 카르니우스에게 말을 걸었다. 그가 투구를 벗으며 고개를 숙였다.

딸그락, 딸그락.

수레가 카르니우스 앞에서 멈췄다. 수레 위에는 가지런히 양손을 모으고 누운 시신이 있었다.

카르니우스의 눈동자가 수레를 응시했다. 주변의 기사와 부관들이 모두 침묵했다.

"리오……."

카르니우스는 아들의 시신과 대면했다. 말이 더 이상 나오지 않았다. 생각이 멈췄다.

사미칸은 문명세계로 넘어와서 처음으로 굴욕을 맛봤다. 연맹군은 지금까지 질풍 같은 승리만 거듭했으나, 오늘은 아니었다.

'패했다.'

변명의 여지가 없었다. 완벽한 패배였다.

"대족장! 여길 벗어나야 합니다!"

군대가 통제되지 않았다. 사방에서 덮쳐 오는 적들을 상대하느라 부대들은 각 지휘관 손에서 개별적으로 움직였다.

사미칸은 후퇴 신호라도 보냈다. 어떻게든 남은 병력을 추슬러야 한다.

'어떻게 저들이 우리 뒤에서 나타난 거지?'

연맹군의 그 누구도 제국군의 움직임을 예측하지 못했다.

'실패의 대가는 톡톡히 치렀다.'

사미칸이 눈을 가늘게 떴다. 그는 주변을 둘러봤다.

'누군가 우릴 배신한 건가?'

연맹군은 제국군의 손에서 놀아난 거나 마찬가지였다.

'문명세계에서 받아들인 용병들이면 그러고도 남지. 신의도 모르는 더러운 놈들.'

사미칸이 쓰게 웃었다. 그는 내부의 첩자가 있다고 생각했다.

"여기도 단단합니다! 갑옷을 입은 병사들이 수두룩합니다."

"낭비할 시간은 없어. 시간이 흐르면 상황은 악화될 뿐이다. 이대로 돌파해."

사미칸을 중심으로 한 부대는 후방으로 돌파를 시도했다.

'벨루아?'

사미칸은 고립된 부대를 발견했다. 사미칸의 우익에 있던 벨루아의 부대였다.

벨루아의 부대는 고립된 채로 밀려오는 제국군을 상대했다.

그녀는 둔기나 다름없는 칼을 휘둘러 덤벼오는 기사를 머리를 내리찍었다.

"제기랄, 이게 어떻게 된 거야? 도대체 왜 우리 뒤에서……"

벨루아가 눈을 번뜩이며 전황을 살폈다. 연맹군의 진영은 와해되었다.

'뒤에서 올라온 제국군이 연맹군을 쪼개 버렸다.'

연맹군은 각개격파를 당하고 있었다. 벨루아의 부대도 그렇게 고립된 상태였다.

"여기서 죽을 순 없어. 아직은 아니야."

벨루아가 씩씩거리며 어깨를 들썩였다.

'우리 부족의 부흥이 내 손에 달려 있다.'

문명세계에서 그녀는 철에 대한 많은 영감을 얻었다. 무사히 서부로 돌아간다면 붉은모래 부족은 비약적인 발전을 이룰 터다.

'그리고 나는 아직 강철의 비밀을 보지 못했어.'

벨루아의 일생의 소원이었다. 그녀는 부족장이었으나 쇠에 매료된 대장장이기도 했다.

캉!

벨루아가 맞대듯 칼을 흘리고는 횡으로 휘둘렀다. 칼이 미끄러지듯 적의 목덜미를 파고들었다.

콰직!

커다란 양손검에 베이며 목뼈가 부러지듯 꺾인다.

"삶이 보이지 않는구만, 하하."

벨루아가 하늘을 슬쩍 보며 헛웃음을 지었다.

'오늘은 내 차례인가?'

지금까지 수많은 전사를 먼저 올려보냈다. 죽음은 언제나 전사들 곁에 있었다.

주술사들은 전사들의 영혼이 산맥을 타고 하늘로 올라간다 말했다. 무너진 사후세계를 대신해 둘러대듯 말한 거였지만 전사들은 믿었다. 언제 죽을지 모르는 전사들에게는 거짓이라도 좋으니 사후세계가 필요했다. 언제나 중요한 건 진실이 아닌 믿음이었다.

찌익!

제국병의 창날이 벨루아의 허벅지를 스치고 지나갔다. 살 가죽이 길게 찢어지면서 선홍빛 속살이 드러났다.

"이 새끼야! 아프잖아!"

벨루아가 고함을 지르며 칼을 크게 휘둘렀다. 그 칼은 제국병의 투구를 으스러뜨렸다. 안구가 압력으로 튀어나와 너덜너덜 흔들렸다.

우드득.

칼을 휘두른 벨루아가 허리를 붙잡았다. 허리의 근육이 비명을 질러댔다.

'제길, 하필 이럴 때……'

벨루아가 땅에 칼을 꽂고 몸을 지탱했다. 하지만 쉴 시간은 없었다. 비명이 가까이서 들렸다.

"벨루아!"

벨루아의 부대를 포위하고 있던 제국군의 한 축이 무너졌다. 연맹군에서 가장 세력이 강한 사미칸의 부대가 모습을 드러냈다.

"사미칸?"

벨루아가 눈을 동그랗게 뜨고 사미칸을 올려다봤다. 말을 탄 사미칸은 벨루아에게 접근하며 손을 뻗었다.

"뒤에 타라. 여길 빠져나간다."

벨루아는 대답이나 질문하지 않고 바로 행동했다.

사미칸은 벨루아의 부대를 전부 구하지 못했다. 따라오는 전사들만 데리고 바로 전장을 이탈했다.

"이참에 말 타는 법을 배우라고."

어느 정도 안전거리를 확보한 사미칸이 입을 열었다.

"나를 구하러 왔군, 사미칸. 의외야."

"벌써 잊었나? 우린 혼인관계지. 넌 내 아이를 낳을 여자다."

그 말을 들은 벨루아는 피범벅인 얼굴로 웃었다.

"꿈도 야무져! 하하."

제국군은 무리해서 사미칸의 부대를 쫓지 않았다. 그들은 포위할 수 있는 야만인 부대만 확실히 가둬서 섬멸했다.

사미칸은 멀어지는 전장을 바라봤다.

'유릭?'

유릭의 부대는 사미칸과 거리가 멀었다. 유능한 지휘관이 부족한 시점에서 두 사람을 비슷한 위치에 배치할 이유가 없다.

'어디로 가는 거지? 그리 가면 고립될 텐데?'

사미칸이 눈을 가늘게 떴다. 그의 동공이 미미하게 떨렸다.

유릭을 중심으로 한 부족전사들이 제국군의 정면으로 돌진했다.

'그건 자살행위다, 유릭.'

사미칸이 인상을 찌푸렸다. 그는 잠시 고민했다.

'여기서 내 부대를 돌려 유릭을 구할 것인가?'

그러기엔 상황이 좋지 않았다. 유릭을 구하러 갔다간 사미칸마저 고립될 터다. 하물며 유릭은 사미칸과 반대방향으로 가고 있었다.

사미칸은 애써 유릭을 무시하고 군대를 이끌고 전진했다.

"아, 아아."

누군가가 경악에 찬 탄성을 내질렀다.

유릭의 부대가 제국군의 본진을 관통하듯 지나갔다. 포위망을 벗어나는 유릭과 전사들이 멀리서도 보였다.

'어떻게?'

사미칸도 눈을 동그랗게 떴다. 하지만 유릭의 부대와 접촉할 시간이 없었다. 포위한 야만인들을 섬멸한 제국군이 추격대를 꾸리고 있었다.

Chapter 9

쏴아아아!

아직도 비가 쏟아진다. 연맹군 입장에서는 다행이었다. 비가 오면 추격이 늦어지고, 기병을 운용하기도 까다롭다.

"유릭, 정신 차려. 아직 쓰러지면 안 돼."

볼드가 주춤거리는 유릭을 부축했다.

유릭의 부대는 포위망을 벗어나고도 계속 전진했다. 여력이 될 때 최대한 거리를 벌려야 한다.

"후욱, 후욱."

유릭의 동공이 작아졌다가 커지길 반복했다. 심장이 불규칙하게 쿵쿵 뛰었다.

'상태가 좋지 않아.'

볼드는 유릭의 상태를 살폈다. 주술사의 처방 없이 약을 과용하면 나타나는 증상이었다.

"볼드, 계속 움직여라."

유릭은 애써 정신을 다잡았다.

"유릭, 다친 겁니까?"

후방에 있던 게오르크가 말을 타고 접근했다.

볼드와 게오르크는 서로 말이 통하지 않았지만, 대충 눈짓과 손짓으로 의사를 전했다.

"제길, 유릭은 쉬어야 합니다. 이대로 계속 갈 게 아니죠."

게오르크가 용병을 몇 명 불렀다. 그들은 방패와 망토를 이용해 깔개를 만들어 말과 연결했다.

"물이나 좀 줘."

유릭이 깔개 위에 누워서 중얼거렸다. 볼드가 물주머니를 건넸다. 유릭은 머리 위로 물을 뿌렸다.

'유릭의 몸에서 열이 식지 않아. 큰일이다.'

유릭은 단순한 전사나 일개 부족장이 아니다. 그는 연맹의 상징 중 하나다. 무슨 일이 있어도 유릭은 살아야 했다.

"정신을 놓지 마. 곧 주술사를 만날 수 있을 거야. 제길! 주술사는 없어? 한 명도?"

볼드가 전사들을 향해 외쳤다. 돌아오는 대답은 없었다.

유릭은 말과 연결된 깔개 위에서 멍하니 하늘을 바라봤다.

떨어지는 비가 붉게 보였다.

'내 운도 다한 건가? 생각해 보면 내가 아직까지 살아 있다는 것만으로도 감사해야 해.'

유릭은 죽어 마땅한 부상을 수없이 입어왔다. 자신의 내장을 두 눈으로 보고도 살아남았었다. 괜히 유릭의 주변 사람들이 신의 가호와 축복을 운운한 게 아니다.

'지금까지 날 보호하던 존재가 뭔지는 몰라도, 슬슬 내게 정나미가 떨어질 만도 하지. 그게 내 선조든 울가로든…… 혹은 태양신 루든 간에.'

유릭이 어두컴컴한 하늘을 바라봤다. '전사의 영혼은 푸른 하늘에서 선조들과 조우하리라!' 육손이가 그렇게 말하고 다녔었다.

유릭은 주술사들의 급조한 거짓말을 믿지 않았다. 그는 너무나 많은 걸 보고 말았다.

'하늘은 육손이와 사미칸이 자신들의 지지를 공고히 하기 위해서 그럴싸하게 지어낸 사후세계지.'

방황하는 전사들의 안식처를 찾기 위해서 주술사들은 머리를 맞대고 궁리했다. 유릭은 그 과정을 옆에서 봤었다.

원초적이며 근원적인 궁금증. 어쩌면 인간이 자아를 인식했을 때부터 스스로에게 묻고 답해왔던 질문.

'우리는 어디에서 왔고, 어디로 가는가……'

유릭은 많은 유혹을 받았었다. 루와 울가로는 유릭에게 달콤한 손짓을 했다.

루와 울가로는 인간이 원하고 바라는 만큼 가까이 다가온다. 유릭이 그들을 느끼고 볼 수 있었던 것도, 그만큼 간절한 바람이 있었기 때문일 터.

'죽음 너머에 무엇이 있는지는 죽어봐야 알 수가 있겠지.'

그런 생각을 하니 마음이 편해졌다. 동공의 초점이 흐려진다.

덜컹.

길이 험해서 유릭이 누워 있는 깔개가 크게 흔들렸다.

유릭의 소지품 가방 안이 열리면서 무언가가 반짝였다. 유릭은 게슴츠레하게 눈을 떴다.

'동방신물.'

유릭이 가방 안을 더듬어 비취조각상을 꺼냈다. 유릭이 서쪽 끝에서 얻었던 물건이다.

쿵, 쿵.

불규칙하게 뛰던 심장이 서서히 박자를 되찾았다. 유릭의 손가락이 매끄러운 비취조각상을 매만졌다.

'……어째서 단절된 두 세계에서 같은 보물이 나온 거지?'

동대륙까지 왕복했다는 북부인의 전설을 증명하는 동방신물.

그러나 유릭은 서쪽 바닷가에 있는 부족마을에서 비취조각상을 발견했다. 이것 또한 동방신물이었다.

죽어가던 동공 안쪽이 빛났다. 유릭의 욕망이 생명의 불씨를 지폈다.

'궁금해.'

호기심이란 갈망.

오래전, 유릭은 하늘산맥의 어느 봉우리에서 결단을 내려야 했었다. 산맥 너머의 세계를 탐험할 것인가? 고향으로 돌아갈 것인가?

눈썹마저 얼어붙는 혹한의 환경조차 유릭을 막지 못했다. 상처 입고 지친 몸뚱이에는 놀랍게도 생명력이 그득했었다.

미지는 인간의 두려움. 어둠을 밝히고자 하는 인간의 욕망. 탐구자는 무지를 걷어내고 두려움을 극복한다.

사람들은 아늑한 집에서 벗어나 어둠 속을 걸어가는 자들을 비웃는다. 탐구란 그러한 것이다. 탐구자의 삶이란 그 누구의 이해도 받지 못한다. 때론 비웃음과 경멸을 당하며 어렴풋한 달빛에 의존해 조심스레 한 발, 한 발 내딛는 것.

'나는 내가 모르는 것들을 이해하고 싶다.'

모른다는 건 질색이었다. 답답하기 그지없는 일이다. 자신을 둘러싼 세상을 알고 싶었다.

전사라면 죽음을 담담히 받아들일 줄도 알아야 한다. 유릭은 그렇게 배웠고, 그런 전사들을 본받으며 자랐다.

'하지만…….'

유릭이 손가락을 모아 자신의 입안에 넣었다. 그는 마지막 기력을 다해 손가락으로 자신의 목구멍을 쑤셨다.

"끄어어억! 우웨에에엑!"

유릭이 고개를 틀며 거하게 구토를 했다. 뱃속 깊이 가라앉은 것까지 모두 게워냈다. 약가루가 섞인 위액이 유릭의 입가를 타고 뚝뚝 흘러내렸다.

유릭은 지저분해진 입가를 닦으며 달빛조차 닿지 않는 어둠을 응시했다.

'……언젠가는 그쪽으로 가겠지. 하지만 아직은 아니야.'

유릭은 빗속에서 손짓하는 악령들을 바라보며 편안한 얼굴로 웃었다.

카르니우스는 간이천막 안에서 홀로 앉아 있었다. 그는 붉게 충혈된 눈으로 태양장식을 바라봤다.

"……어째서 제 아들을 먼저 데려가셨습니까?"

전장정리가 끝나는 동안 카르니우스는 천막에서 한 발자국도 나오지 않았다. 그의 부관과 동료기사들이 카르니우스를 대신해 지휘했다.

'내 오판이다.'

카르니우스는 야만인이 역으로 달려들 것을 예측하지 못했다.

병사들의 보고에 따르면 그 야만인들의 돌진에 휩쓸려 리오가 죽었다.

"아, 아아."

그 누구를 탓할 수도 없었다. 카르니우스는 태양장식 목걸이를 갈무리해 품에 넣었다.

'네 넋을 기리는 복수만은 끝내겠다.'

야만인 군대는 여러 부대로 갈라졌다. 갈라진 야만인들은 서쪽으로 도망치며 서로 합류할 게 뻔했다.

'놈들이 힘을 합치기 전에 각개격파 하는 게 좋겠지.'

카르니우스는 망토를 여미며 천막 바깥으로 나왔다. 기다리고 있던 부관들은 침묵하며 카르니우스가 먼저 말하길 기다렸다.

"추격한다."

카르니우스가 말을 올라타고 군대를 셋으로 나눴다. 그리고 그는 아들을 죽인 야만인 부대를 쫓아 움직였다.

"멀리 가진 못했을 겁니다."

"그렇겠지. 부상자도 많을 테니까."

제국군이 쫓고 있는 건 적은 수의 병력이 아니다. 천 단위가 넘는 병력이 움직이기에 흔적을 숨길 수가 없다. 중요한 건 속도였다.

"기병대를 먼저 보낼까요?"

"아니, 쫓아갈 수 있어. 하루 거리다."

카르니우스는 서두르지 않았다. 비 때문에 땅이 질척였다. 기병을 보낼 때가 아니었다.

'역시 카르니우스 장군이다. 피붙이를 잃었는데도 침착하군.'

카르니우스는 7천의 병력을 이끌고 있었다. 야만인들은 크게 세 방향으로 도주한지라 추격하는 군대도 그만큼 나뉘었다.

"태양이 비친다."

"루께서도 우리를 도와주시는군."

병사들이 중얼거렸다. 비가 그치고 해가 떴다. 젖은 땅이 빠르게 말라가며 추격도 훨씬 쉬워졌다.

"척후를 보내라."

카르니우스는 땅이 굳은 뒤에야 기병대를 앞서 보냈다. 아무리 야만인들의 발이 빨라도 말에 비할 바는 아니었다.

반나절이 지나고 척후기병대가 돌아와 보고했다.

"찾았습니다."

카르니우스가 고개를 끄덕였다. 말고삐를 쥔 손에 힘이 절로 들어갔다.

유릭의 부대는 쫓기고 있었기에 선잠을 자며 계속 움직였다.

"볼드, 놈들이 우리를 발견했다."

후열을 맡은 전사 한 명이 볼드가 있는 선두로 오며 말했다.

유릭은 의식이 흐리고 거동이 완전하지 않았기에 볼드가 부대지휘를 맡았다.

"벌써 따라붙은 건가……. 집요한 놈들."

내심 제국군의 추적이 없지 않을까라고 생각하기도 했었다.

"유릭의 상태는?"

"어제보단 나아. 회복할 거다. 대지의 아들이니까."

볼드는 유릭을 바라봤다. 유릭은 깔개에 실린 채로 자고 있었다.

'열도 많이 내렸고, 호흡도 안정적이다. 위기는 넘긴 건가…….'

볼드는 전사들을 재촉했다.

'이제 어떡하지?'

흩어진 다른 연맹군과 접촉하는 게 우선이었다. 하지만 다른 연맹군도 쫓기는 건 마찬가지일 터다. 어떻게든 추격부터 떨쳐야 했다.

길어야 하루면 제국군과 충돌할 터다.

"나 원."

볼드가 고개를 절레절레 흔들며 자조했다.

'유릭, 네가 우리를 떠났을 때가 생각나는군.'

유릭과 볼드는 오래전에 제국군의 탐험대와 조우했었다. 막 어른의 몸뚱이를 가진 소년들은 미지의 적을 보고 혼란에 빠졌었다.

유릭은 망설이지 않았다. 스스로 책임을 지고 몸을 던져 형제들을 구했다.

볼드는 아직도 그날의 광경을 눈에 담고 있었다.

스스스.

바람이 차갑다. 문명세계의 가을이 오고 있었다. 약탈의 여름이 지나갔다.

"뭐, 이번에는 할 수 없지."

볼드가 도끼와 창을 챙겨서 짊어졌다. 그가 행렬을 살피며 부대의 분위기를 살폈다.

"나는 볼드다. 여기서 날 모르는 사람은 없겠지? 그래, 유릭의 따까리지."

전사들이 볼드의 말을 듣고 웃었다. 볼드가 창대로 어깨를 치며 근처 언덕으로 올라갔다.

"우린 제국군에게 쫓기고 있다. 머지않아 조우하겠지. 이번에는 빠져나가기가 힘들 거다."

전사들도 하나둘씩 고개를 들었다. 볼드가 길게 한숨을 쉬며 전사들을 훑어봤다.

"길게 말하지 않겠어. 대를 이을 아들이 있는 자, 부상이 심해 거동에 불편함이 있는 자, 나이가 많은 자, 이런저런 이유로 올해를 넘기기 힘들 것 같은 자…… 알아서 나와라."

술렁거림조차 없었다. 전사들이 담담히 고개를 끄덕였다.

"하하, 즐거웠다."

"평생 볼 피를 다 봤으니 아쉬울 건 없지."

전사들이 앞으로 나오기 시작했다.

용병대를 지휘하는 게오르크가 눈을 크게 떴다.

'이들은…… 죽으러 가는 거다.'

전쟁터에서는 사람의 생명을 숫자와 무게로 계산할 수 있었다.

행군에 방해가 될 만한 부상자들이 앞으로 먼저 나왔다. 팔다리가 깊게 베어 곯은 자들이 수두룩했다. 다음으로는 나이가 꽉 찬 전사들, 아들이 있는 자들……. 전사 사회에서는 목숨을 아까워하면 경멸을 받는다. 나아가 자신의 부족과 가족을 욕보이는 짓이다.

"고맙다."

볼드가 자원하는 전사들을 보며 고개를 끄덕였다.

"나는 전략가도 아니고 그렇다고 무용이 대단히 뛰어나지도 않지. 내가 할 수 있는 건 그저 열심히 싸우다 죽어달라는 말밖에 없다."

볼드의 휘하에 모여든 전사는 칠백여 명이었다. 적은 수가 아니었다.

"그거면 충분하다, 볼드."

전사들이 무장을 챙겼다.

볼드는 부상을 입지도 않았고 나이도 젊다. 거기다가 아들도 아직 없었다. 어쩌면 스쳐 간 여인 중에 볼드의 아이를 낳은 자가 있을지는 모르지만 말이다.

'하지만 말을 꺼낸 내가 책임을 져야지. 죽어달라고 말해놓고 나만 쏙 빠질 순 없어.'

볼드는 그다지 연맹에서 중요한 인물이 아니다. 그저 유릭과 친하다는 이유로 출세했을 뿐.

"줄을 잘 서서 뭐라도 해보려고 했는데, 세상살이가 쉽지는 않군. 안 그래?"

볼드가 침을 꿀꺽 삼키며 웃었다. 손가락이 미미하게 떨렸다.

'오늘은 내 차례로군.'

볼드는 자신의 별동대를 유릭의 본대와 분리했다.

"유릭이 아직 정신을 차리지 못한 게 다행이지. 분명 길길이 날뛰며 반대할 테니까."

볼드는 아직 의식이 온전하지 못한 유릭을 쳐다보다가 등을 돌렸다.

저벅, 저벅.

가야 할 길을 가는 전사들은 뒤를 돌아보지 않았다.

꾸벅.

게오르크는 말에 탄 채로 볼드에게 묵례를 했다. 볼드와 게오르크의 눈이 마주쳤다.

볼드는 용병들에게 남으라는 말은 하지도 않았다. 용병들이 도망갈 거라는 걸 뻔히 알기 때문이다.

볼드와 전사들은 수풀 좌우로 흩어지며 숨었다. 볼드는 다른 전사들과 시시껄렁한 이야기를 하며 적들이 오길 기다렸다.

"여, 역시 나, 나는 안 되겠어. 나, 난 살, 살아야 돼."

겁을 먹은 전사 하나가 갑자기 일어섰다. 그는 다리에 부상을 입은지라 걸음이 느렸다.

콰직!

볼드가 벌떡 일어나서 도망가는 전사의 머리를 도끼로 찍었다.

"……미안하다, 우린 모두 여기서 죽을 거야."

볼드는 머리가 깨진 전사의 시체를 숲속에 던졌다.

"하, 저 겁쟁이."

"저렇게 창피하게 죽으면 아비와 선조의 얼굴을 어떻게 보려고 그래?"

전사들이 도망치던 비열한 겁쟁이를 비웃었다.

전사들은 용맹한 만큼 잔혹하다. 그리고 남에게 잔혹한 만큼 전사의 윤리가 엄격했다. 싸움을 두려워하고 목숨을 아까워한다면 형제들의 손에 죽거나, 죽진 않더라도 평생 없는 사람 취급을 받으며 살아간다.

척박한 환경에서 서로의 것을 빼앗으며 살아가는 전사 공동체 사회. 북부와 서부는 그런 면에서 닮아 있었다.

전사들은 용감하게 태어난 게 아니다. 용감하지 않으면 살아갈 수 없는 체제에서 살고 있었다.

스르르.

볼드가 흙을 매만졌다. 비가 그쳤는데도 아직도 물기를 머금고 있는 좋은 흙이었다.

'유릭, 네 여정을 따라갈 수 있으면 좋았을 텐데……'

볼드는 충실하고 모범적인 부족전사였다. 형제와 부족을 목숨처럼 아끼고, 싸움에 목숨을 바칠 줄 알았다. 그게 그의 인생의 전부였다.

'너는 달랐다, 유릭. 너는 언제나 우리와 다른 걸 보고 있었지. 부족전사의 삶이 아닌 다른 무언가를 추구하며 앞으로 내달렸어.'

유릭은 그런 평범한 부족전사들 사이에서 별나게 두드러진 사내였다. 스스로 빛이 나는 듯했고, 유릭에겐 평범하지 않은 운명을 헤쳐 나갈 힘과 지략이 있었다.

'너는 자유롭게 살아갈 수 있는데도 우리 곁에 돌아왔지. 다시 부족이라는 굴레를 뒤집어썼어.'

유릭도 결국 부족전사였다. 자신의 뿌리를 버리지 않고 돌아왔다.

"쉿."

그 작은 소리에 전사들은 쥐 죽은 듯이 침묵했다. 그들은 숨을 죽이고 제국군이 오는 걸 바라봤다.

공기는 습해서 묵직했다. 냄새는 아래에 고여서 쉽게 위로 떠오르지 않았다.

볼드와 전사들은 바짝 엎드려 매복했다.

'온다.'

전사들에게 기회는 한 번뿐이다. 목숨을 바쳐 제국군에게 치명타를 입혀야 한다.

푹!

고요한 첫 일격이 제국병의 목을 파고들었다. 왼쪽에 매복해 있던 전사들이 창을 뻗으며 수풀에서 튀어나왔다.

"왼쪽에서 매복이다!"

제국병의 대응은 빨랐다. 그들은 단숨에 왼쪽을 향해 방패를 들어 올리며 진을 갖췄다. 제국의 방패가 서로 얽히면서 단단한 벽을 만들었다.

"백 명 정도다. 소규모 매복인가?"

왼쪽에서 나타난 야만인은 백여 명으로 적었다. 제국군의 신경이 왼쪽으로 쏠린 사이에 오른쪽 수풀에서 남은 부족전사들이 튀어나왔다.

"카악! 컥!"

"우오아아아아아!"

처음 기습은 왼쪽, 이목이 쏠린 사이에 오른쪽에서 공격하는 것. 별거 아닌 전술이었지만 효과는 충분했다. 제국병들 사이에서 비명이 터져 나왔다.

'적잖은 숫자다.'

제국의 지휘관들이 자신의 부대를 추슬러 반격을 가했다.

"고슴도치!"

외곽에서 야만인과 마주한 제국군은 고슴도치의 진을 쳤다. 소규모로 뭉쳐서 방패를 두르고 창만 내밀었다.

"올 테면 와라! 비열한 야만인들아!"

제국군이 고래고래 소리를 질렀다. 하지만 야만인들은 더 이상 접근하지 않았다. 그들은 수풀 사이로 슬그머니 몸을 숨겼다.

부족전사들은 제국군과 교전해 본 경험이 있었다. 방진을 굳힌 제국군과 정면대결해서는 승산이 없다는 걸 안다.

"제기랄! 쫓아!"

제국군이 방진을 풀며 숲으로 들어갔다.

부족전사들의 목적은 시간을 끄는 것이었다. 이기진 못하더라도 발을 최대한 묶어두며 많은 제국군을 죽이면 된다.

"크, 큭큭."

미처 수풀로 빠지지 못한 전사들이 피를 흘리며 죽어갔다. 그들은 팔다리가 움직인다면 끝까지 무기를 휘둘렀다. 방심하다가 눈먼 일격에 죽는 병사들이 속출했다.

무시무시한 광기에 제국병들이 고개를 절레절레 흔들었다.

'저런 야만전사들은 오랜만에 보는군.'

경험이 많은 기사들은 익숙한 오싹함을 느꼈다. 북부에서 겪었던 전율이 다시 한번 그들의 등골을 쓸어갔다.

싸움 말고는 인생의 목적이 없는 듯한 야만전사들. 싸움을 통해 잃을 건 없고, 얻을 것만 있다.

카르니우스가 죽은 야만인들을 바라봤다. 그가 이맛살을 찌푸렸다.

"나이가 많은 자와 부상자들이 많군."

"네?"

"야만인들 시체를 보게. 부상이 원래 심했던 자들이 많아. 아마 여기 있는 놈들은 버리는 병력이겠지. 시간벌이용이다."

"죽으라고 보낸 놈들이 이렇게 열심히 싸운단 말입니까?"

야만인과 전쟁을 해본 적이 없는 젊은 부관은 이해하지 못했다.

"그러니까 야만인인 거지."

카르니우스가 입술을 비틀었다. 아무리 소수병력이라지만 적을 뒤에 두고 추격을 계속할 순 없었다. 야만인들은 자신들의 계략대로 시간을 버는 데는 성공할 것이다.

'그래, 도망갈 테면 가봐라. 서쪽 끝까지라도 쫓아가 주지.'

리오가 죽는 순간부터 이 전쟁은 카르니우스의 것이었다. 죽는 한이 있어도 끝까지 해내야 하는 전쟁.

제국군은 대열을 갖추고 야만인들을 쫓았다. 카르니우스는 착실하게 남은 야만인을 섬멸했다.

'서두르지 않겠다.'

카르니우스가 아랫입술을 깨물었다. 당장에라도 군대를 이끌고 복수하고 싶은 심정이었다. 하지만 참았다. 착실한 인내야말로 카르니우스의 무기다.

하지만 리오의 넋을 기리기 위해 한 명의 포로도 잡아두지 않을 생각이었다.

"와아아아아!"

다시 교전이 일어났다. 야만인들의 저항은 거칠었다.

죽음을 받아들인 야만전사들은 무시무시했다. 자신이 죽더라도 적의 목을 가져간다는 생각으로 싸웠다.

아무리 훈련이 잘된 제국군이라도 그들의 본질은 직업군인이다. 그들은 가족을 부양하고 돈을 벌기 위해 군인이 된 자들이다. 자신의 목숨을 버려가며 싸우진 않는다.

"카악!"

야만인들의 눈동자가 제국군 사이에서 번뜩였다. 도끼와 창이 오간다. 야만인이 죽을 때마다 병사도 죽었다.

야만인들의 숫자는 현저히 줄었다. 처음부터 상대가 되지 않았다. 동수라도 겨우 비벼볼 판국에 소수의 기습은 어림도 없는 짓이었다.

"어이, 이제라도 도망갈까?"

"먼저 죽은 형제들은 어떻게 보려고?"

"이해해 주겠지."

"너라면 이해해 주겠나?"

"생각해 보니 아니네."

남은 야만인들이 낄낄 웃으며 제국군과 맞섰다.

"아아아!"

투구만 달랑 쓴 전사가 고함을 지르며 제국군 사이로 뛰어들어 갔다. 그가 날뛰며 제국군 두 명의 목숨을 뺏고 죽었다.

전사는 백 명도 남지 않았다. 볼드는 팔을 늘어뜨리며 눈을 감았다.

'……죽기 싫다.'

솔직한 심정이었다. 하지만 그 감정을 숨긴다. 용맹의 가면을 쓰고 목숨을 버려야 한다. 그게 전사의 방식이다.

전사의 삶은 가식이다. 살고자 하는 생물의 본능을 거스르는 길.

가식이라도 책임을 지고 끝까지 해내면 진실이 되는 법.

죽음이란 결말을 담담히 맞이할 줄 아는 용기는 전사에게 가장 중요한 덕목이다.

전사는 전사라는 걸 증명하기 위해 죽는다.

볼드는 숨을 들이마셨다. 심장이 거칠게 뛴다.

"나 바위도끼의 볼드는 오늘 여기서 죽는다."

더 이상의 도망은 의미가 없었다. 볼드가 앞으로 뛰어나갔다.

"오, 오오오오오!"

전사들은 자신의 이름과 부족을 외치며 돌격했다. 백 명도 안 되는 숫자였지만 그 기세는 대군 못지않았다.

기세만으로 이길 수 있는 전쟁은 없다.

푸욱!

전쟁의 기본은 병력의 숫자다.

"카아아악!"

전략과 전술은 병력의 차이를 극복하는 인간의 노련함이다.

야만인들이 비명을 지른다. 그들의 용맹한 돌격은 죽으러 달려드는 거나 마찬가지다.

"으아아아아아!"

볼드가 자신을 독려하듯 비명 서린 포효를 짜냈다.

'내게 두려움을 이기고 죽을 수 있는 용기를!'

볼드가 힘차게 칼을 휘두른다. 제국병의 칼에 막혔다. 볼드는 물러서지 않고 앞으로 뛰어들며 발차기를 했다. 제국병이 밀려나며 뒷사람과 엉켰다.

"흡!"

볼드가 몸을 비틀어 옆에서 다가오는 창날을 피했다. 그는 창대를 붙잡고 잡아당겼다. 창대를 잡고 있던 병사가 끌려오며 볼드의 칼날을 맞이했다.

푸욱!

적의 핏물이 볼드의 얼굴에 튀었다. 볼드는 피를 갈구하는 악귀처럼 웃었다.

'내가 짊어진 공포를 적에게 얹는다.'

주변의 전사들이 쓰러진다. 어느새 남은 전사는 삼십여 명.

"카악, 퉷."

전사들이 서로의 어깨와 등을 맞대며 뭉쳤다.

제국병들은 방패를 들이밀며 전사들을 포위했다.

"들어와! 계집애 같은 놈들아!"

전사들이 외쳤다. 제국병들은 차가운 눈동자로 전사들을 응시했다.

"궁수!"

제국군 사이에서 궁수들이 앞으로 나왔다. 그들은 방패 뒤에서 활시위를 당겼다.

"하, 하하핫. 개 같은 새끼들."

전사들이 궁수를 보며 웃었다.

화살이 쏟아졌다. 몇몇 전사가 방패를 들어보지만 큰 의미가 없었다. 화살은 연거푸 계속 쏟아졌다. 팔다리에 화살이 박힌 전사들이 발작적으로 뛰쳐나갔다.

푸슈슛!

화살이 전사의 안면을 꿰뚫었다. 버티던 전사들이 무릎을 꿇고 고개를 떨궜다.

"확인사살 해라."

병사들이 전진하며 쓰러진 야만인들을 창으로 찔렀다.

볼드는 누운 채로 숨을 낮게 헐떡였다. 팔다리에 화살이 박혀서 쓰러졌다. 그는 병사들이 다가오는 걸 흘겨보며 숨을 죽이고 기다렸다.

"아아아아!"

볼드가 전사의 시체를 내던지며 달려 나갔다. 창이 시체에 꽂혔다. 볼드는 한 걸음 더 내디디며 도끼를 길게 휘둘렀다.

콰직!

볼드의 도끼가 병사의 목에 박혔다.

뒤에 있던 궁수들이 화살을 겨눈다. 시위를 놓는 건 한순간이다. 화살이 볼드를 향해 날아왔다.

"유-우-우-우-우-우-럭-!!"

볼드가 두 다리로 서서 내뱉은 마지막 포효였다. 그의 목소리가 화살비에 묻혔다.

제국군은 볼드의 외침을 신경 쓰지 않았다. 그들에게는 그저 야만인의 뜻 모를 헛소리에 불과했다.

"징하게 질긴 놈들. 이제 그만 죽어라."

병사들이 쓰러진 전사들의 목을 푹푹 찔렀다.

꿈틀.

쓰러진 볼드는 손가락을 꿈틀거렸다. 화살범벅이 된 몸뚱이는 더 이상 움직이지 않았다.

푹.

병사의 창날이 볼드의 목구멍을 꿰뚫었다. 흘러나온 피가 목구멍과 폐를 채웠다.

볼드는 공허한 눈동자로 나란히 쓰러진 전사들의 시체들을 바라봤다. 곧 그도 시체들의 일부가 되었다.

Chapter 10

유릭은 눈을 떴다. 가장 먼저 달이 보였다.

'⋯⋯밤인가.'

밤인데도 전사들은 움직이고 있었다.

'등이 아프군.'

유릭이 누워 있는 깔개는 엉성하고 딱딱했다. 돌부리에 걸릴 때마다 등이 쑤셨다.

"죽겠군. 제기랄."

유릭은 상체를 일으켰다. 뒤통수가 아직도 얼얼하게 멍했다. 그는 몸에 들러붙은 벌레와 개미를 털어냈다.

"지금 상황은 어떻게 된 거지?"

유릭은 측근을 찾았다. 볼드가 보이지 않았다.

말 위에서 꾸벅꾸벅 졸던 게오르크가 깨어났다. 그는 유릭이 일어난 걸 보고 말에서 뛰어내렸다.

"유릭, 일어났군요. 걱정했습니다."

"내가 얼마나 누워 있었지? 전투가 끝나고 며칠이 지난 거냐?"

"삼 일입니다."

"그래? 제국군의 추격이 용케도 없었군."

유릭이 뒤통수를 매만졌다. 피와 머리카락이 엉겨 붙어서 엉망이었다. 유릭이 단도를 들어서 머리카락을 대충 걷어내듯 잘랐다.

'아직도 머리가 울리는군. 토할 것 같아.'

유릭은 신선한 공기를 많이 마셨다.

심한 머리 부상에다가 약의 후유증에도 시달렸다. 푹 쉬어도 부족할 판에 덜컥이는 깔개 위에서 며칠을 보냈다.

"제국군의 추격이 있었습니다만……."

게오르크가 말꼬리를 흐렸다.

"사내답게 끝까지 말해. 잡아먹지 않으니까."

"볼드가 전사들을 이끌고 뒤에 남았습니다."

"……그래."

유릭이 고개를 끄덕였다. 그의 눈동자가 흐릿하게 떨렸다.

'이번에는 네가 나를 살렸군, 볼드.'

유릭은 특혜를 받았다. 대부분의 부상자는 버리고 갔다. 부상자를 일일이 챙길 만큼 도주길은 만만치 않았다.

"유릭, 깨어나길 기다리고 있었소."

"유릭."

"다시 함께 싸웁시다."

지위가 있는 전사들이 유릭 옆을 지나갔다.

유릭은 눈을 들어서 전사들을 바라봤다. 그의 눈동자가 잠시나마 흐릿했다.

'이들은 나를 믿고 있어. 나를 숭배하듯이…… 특별하게 취급하지.'

이러려고 고향에 돌아온 게 아니었다.

'나는 단지 내 고향의 동포들이 노예가 되는 걸 원하지 않았을 뿐이야.'

오래전, 전혀 다른 부족의 사내가 황궁에 끌려왔을 때, 유릭의 가슴은 크게 뛰었다. 분노와 초조함으로 두근거리던 심장의 소리에 따라 유릭은 움직였다.

유릭은 고향으로 돌아와 부족을 돌보고 연맹을 꾸려 침략자와 싸웠다.

'볼드……'

비명을 지르고 싶었다. 볼드가 살아 있을 거라는 그런 감상적인 희망 따윈 가지지 않았다. 현실은 냉정하고 삼엄하다. 최악은 혼하고 좋은 일은 드물다.

'볼드는 나를 위해 죽었다.'

볼드의 선택이 생생하게 느껴졌다.

유릭의 몸이 뜨거웠다. 혈관이 말단부터 타는 듯했다.

'어쩌면 마음 한구석으로 이건 내 전쟁이 아니라고 생각했을지도 몰라.'

유릭에겐 다른 길이 있었다. 그에겐 그를 반겨줄 문명세계의 친우가 있었고, 그의 능력이라면 어딜 가도 출세할 수 있었다. 유릭은 그런 능력과 명성을 쌓았었다.

'하지만 볼드와 전사들에겐 다른 길이 없다. 살아남을 방법은 적과 싸워 이기는 것뿐. 그게 전사지……'

유릭이 얼굴을 감싸며 일어섰다. 그가 머리를 뒤로 쓸어 넘기며 자신의 상태를 살폈다.

'팔다리는 멀쩡하게 움직인다. 머리가 조금 멍한 거 말고는 괜찮아.'

유릭이 두 다리로 일어섰다. 이것만으로도 전사들에게 큰 희망이었다.

'유릭이라면 어떻게든 이 곤경을 벗어날 것이다.'

다들 그렇게 믿고 있었다.

유릭은 전사들의 시선을 느꼈다. 어깨와 등이 묵직했다. 전사들은 막 부상에서 일어난 사내에게 기적을 바라고 있었다.

'무겁다. 도망가고 싶어.'

유릭은 지즐을 떠올렸다.

선대 바위도끼 부족장 지즐.

'지즐, 너는 결코 자신의 책무에서 도망가지 않았지. 죽는 순간까지도……'

지즐은 아집이 강한 전사였다. 그는 자신이 부족장 역할을 해낼 수 있다고 믿었다. 하지만 서부에 불어온 변화의 세태는 그에게 벅찼다. 지즐은 자신의 부족한 역량에 좌절하고 주저앉았지만 끝까지 부족장의 책임을 다했다.

'할 수 없다고 도망갈 순 없어. 지즐은 내게 모든 걸 맡기고 죽었다.'

유릭은 풀잎 사이를 뛰어다니는 벌레들을 낚아챘다. 그는 벌레들을 짓이겨서 입안에 털어 넣었다.

으적, 으적.

이 사이로 벌레의 내장과 다리가 씹혔다.

'나는 방관자가 아니야. 이건 내 전쟁이다.'

유릭이 눈을 감았다. 볼드가 생각났다. 아랫도리에 털이 나기도 전부터 함께 사냥하고 뛰어다녔던 형제다.

'네가 느낀 상실감이 이런 거였군, 볼드.'

유릭이 눈을 크게 뜨곤 고개를 기울였다.

'지즐, 볼드…… 위대한 내 형제들은 결코 죽음으로부터 도

망가지 않았다.'

죽음은 그들이 원하는 운명이 아니었을 터다.

유릭은 이 전쟁을 진정으로 원하지 않았다. 파괴의 쾌락은 짧았고, 유릭은 무너지는 문명세계를 보며 회의했다.

유릭이 원하지 않는 전쟁. 하지만 자신이 원하는 게 아니었다고 도망갈 생각은 없다.

'나도 내 전쟁에서 도망가지 않아. 끝까지 상대해 주지.'

숨을 돌린 유릭은 게오르크를 불렀다.

"게오르크, 여기서 가장 가까운 마을이 어디지? 적어도 방어시설이 있을 만한 큰 마을이면 좋겠어."

유릭의 말에 게오르크가 지도를 살폈다.

"마을에 들러서 보급하면 분명 따라잡힐 겁니다."

"아니, 먼저 마을을 점령하고 농성한다."

"진심이십니까? 상대는 공성전의 전문가들입니다."

"너보단 내가 더 잘 알고 있어. 내 두 눈으로 여러 번 봤으니까."

게오르크가 불안한 눈으로 유릭을 쳐다봤다.

비틀.

유릭의 몸뚱이가 흔들렸다. 부상을 입은 부위가 머리인지라 현기증이 일었다.

'유릭이 정말 올바른 판단을 할 수 있는 상태인가?'

게오르크의 불안은 더 커졌다.

유릭의 판단 덕분에 포위망을 무사히 빠져나왔다. 하지만 뒤따라온 게오르크가 보기에도 그건 운이 따라준 요행이자 기적이었다.

'그러나 그런 기적이 두 번이나 반복되면…… 실력이겠지.'

게오르크는 다른 전사들을 쳐다봤다. 그 누구도 유릭의 판단에 의문을 제기하지 않았다. 오히려 전투를 앞두자 묘하게 들뜬 기운마저 흘렀다.

'유릭에 대한 광신적인 신뢰.'

게오르크는 등골이 오싹했다. 그는 서부에서부터 쌓아온 유릭의 명성을 모른다. 전사들에게 유릭과 사미칸 같은 인물은 숭배의 대상이나 마찬가지였다.

"야만인들이 흔적을 교묘하게 지우고 갔습니다. 강과 개울을 따라 이동한 것 같습니다."

카르니우스는 보고를 듣고 고개를 끄덕였다. 야만인의 별동대 때문에 제법 발이 묶였었다.

사라진 야만인 군대의 자취를 다시 찾는 건 어렵지 않았다. 제국군에는 노련한 추격자가 많았다. 보병에 불과한 야만인이

기병의 척후 범위를 벗어나긴 힘들다.

"찾았습니다. 여기서부터 서쪽으로 이동했습니다."

야만인의 발자국을 찾은 척후경기병이 돌아왔다.

"멀리 이동하진 못할 거다. 보급도 떨어질 때가 됐어."

야만인들은 기동성이 좋은 대신에 가지고 다니는 보급품이 적었다. 특히 전장에서 막 도망 나온 야만인은 기껏해야 사흘 정도의 병참만 있을 터다.

'애초에 현지에서 약탈보급을 하던 놈들이다. 마을을 거치지 않고서는 오래 도망가기 힘들겠지.'

카르니우스는 고기를 풀어서 병사들을 충분히 먹였다.

카르니우스의 부대는 큰 전투가 끝나고 바로 추격을 시작했으며 야만인의 매복공격도 받았다. 단련된 제국군이라도 극심한 전투피로에 시달렸다.

"힘든 건 야만인들도 마찬가지다. 우리보다 더 상황이 안 좋겠지."

어떻게든 따라붙기만 하면 이길 수 있다. 그게 카르니우스와 수뇌부의 정론이었다.

"장군, 민간인들입니다."

"민간인?"

카르니우스가 말의 옆구리를 차며 앞으로 나갔다. 한 무리의 민간인들이 부대와 마주쳤다.

"발디마에서 온 피난민이라고 합니다."

이미 민간인들을 심문한 기사가 보고했다.

카르니우스는 참모진을 불러서 지도를 펼쳤다. 발디마는 인구 이천여 명 정도의 백작령 마을이었다.

"야만인들이 발디마에 있단 말이로군."

"이틀 전의 일이라고 합니다. 보급이 목적이었으면 바로 떠나진 못했을 겁니다."

"자신의 동료들이 벌어준 시간을 보급에 쓰다니……. 좋은 판단을 한 건 아니군. 굶주리는 한이 있어도 더 이동했어야 돼. 운이 좋았다면 우리가 자취를 놓쳐서 도망갈 수 있었을지도 모르지."

"그만큼 보급이 급했을지도 모릅니다."

카르니우스는 피난민을 불러 야만인들의 습격에 대해 들었다.

"바, 밤중에 놈들이 나타났습니다. 벽을 단숨에 타 넘는데 당해낼 도리가 없, 없었습니다."

랑케가트의 비극과 비슷한 처지였다.

야만인들은 닥치는 대로 사람들을 죽이며 마을을 점령했다. 지금쯤이면 약탈하느라 정신이 없을 것이다.

'야만인들이 도망가기 전에 도주로를 봉쇄하는 게 낫겠군.'

카르니우스는 기병지휘관들을 불러서 지도를 가리켰다.

"놈들이 발디마를 빠져나오지 못하게 견제하게."

기병이면 반나절에 도착할 거리다.

카르니우스는 기병을 먼저 보내 야만인들의 발을 묶어두고, 전투에 앞서서 보병에게 휴식을 줄 생각이었다.

'서두르지 않는다.'

카르니우스는 그 말을 몇 번이나 되새겼다. 자신의 속에서 끓어오르는 감정을 매번 억눌렀다.

"알겠습니다, 장군."

임무를 맡은 지휘관들이 고개를 숙이며 물러났다. 그들은 자신의 기병대를 호출해 명령을 전달했다. 얼마 지나지 않아서 중기병과 경기병이 뒤섞인 기병대가 먼저 전진했다.

"야영지를 세워라. 오늘은 여기서 밤을 보낸다."

카르니우스의 말에 병사들이 환호했다.

"카르니우스 장군 만세!"

평소보다 야영지 건설이 일렀다. 아직 날이 저물지도 않았는데 병사들은 야영지를 완성했다. 특별히 전투에 앞서 병사들에게 술을 배급했다.

충분한 휴식시간 보장과 술 배급. 병사들은 그간의 피로를 풀며 작은 연회를 즐겼다.

"그래, 내 아들에 대해 다시 말해주게."

카르니우스는 병사 한 명을 따로 불렀다. 리오의 부대에서 살아남은 생존자였다.

'제기랄, 아들이 그리운 건 알겠는데 매일 이렇게 나를 부르다니 미치겠군.'

병사는 속으로 투덜거리면서도 겉으론 웃었다. 상대는 이름 높은 장군 카르니우스다. 무례를 범할 순 없었다.

"……아직도 생생하게 기억이 납니다. 아드님께서는 훌륭한 기사였습니다."

병사가 그리 운을 뗐다.

"그래, 내가 어린 시절부터 혹독히 교육했지. 실전경험이 부족한 만큼 더 모질게 대했어."

카르니우스가 옛 생각에 잠겼다. 그는 손수 리오의 검술교육을 맡았다. 언젠가 제국의 한 축을 맡을 장군으로 키울 생각이었다.

"갑작스러운 야만인들의 돌격에도 굴하지 않고 차분히 명령을 내리셨죠. 장군님의 피가 흐르고 있다는 걸 증명하듯 말입니다."

병사가 전투상황을 설명했다. 주로 리오의 용맹에 초점을 맞췄다.

"하지만 지원이 오기도 전에 야만인들이 주변을 포위했습니다. 특히나 용맹하게 지휘하던 사람은 눈에 띄게 마련이죠. 하지만 야만인들의 칼날이 목을 스치는데도 포기하지 않고 싸우셨습니다. 기사다운 최후였죠."

병사가 말을 마치곤 물을 한 모금 마셨다.

카르니우스는 눈을 감으며 리오의 최후를 상상했다.

"고맙네. 이건 작은 성의네."

금화 수어 개가 병사의 손아귀에 떨어졌다.

"별말씀을."

금화를 받은 병사가 고개를 숙이며 자리를 빠져나왔다.

"하아, 이 짓도 못 할 짓이군."

병사가 금화를 세며 한숨을 쉬었다.

'뭐가 용맹하게 죽긴 죽어. 마지막에는 귀족이랍시고 목숨을 구걸하려다가 죽었지. 야만인에게 말도 통하지 않을 텐데 살려달라고 말하는 꼴이란……'

병사는 동료들 시체 밑에서 죽은 척했었다. 하지만 그는 자신의 생존이 부끄럽지 않았다.

'……나는 귀족이 아니니까. 명예롭게 죽는 건 귀족과 기사의 역할이지.'

병사는 리오의 최후를 그럴싸하게 꾸며서 카르니우스에게 보고했다.

리오는 기사답지 못하게 죽었다. 그런 진실을 말했다간 거짓을 고했다며 병사의 목이 잘릴지도 모른다. 카르니우스의 아들이 구차하게 죽었다는 건 절대 사실이 돼선 안 되니까 말이다.

충분한 휴식을 취한 군대는 먼저 이동한 기병대의 뒤를 따랐다. 간만에 잠을 푹 잔 병사들의 발걸음은 가벼웠다.

이번 전투만 끝나면 집에 돌아갈 터다. 덕분에 사기도 오를 만큼 올라서 징집병의 전의도 충만했다.

발디마 부근까지 도착한 제국군은 야영지를 건설하고 진을 쳤다.

"야만인들은 발디마에서 농성하고 있습니다."

먼저 도착한 기병지휘관이 카르니우스에게 말했다. 카르니우스는 멀리서 말을 타고 발디마를 둘러봤다.

"영주는?"

"내성까지 점령당해 발디마 백작은 야만인들에게 억류되었습니다."

"하, 그걸 노린 건가?"

"예, 놈들은 협상을 노리고 있습니다. 우리가 공격하면 발디마 백작을 죽이겠다고 영지민을 통해 말을 전달했습니다."

"그런 소귀족을 인질로 잡는 게 먹힐 거라 생각하다니 우습군."

카르니우스가 코웃음을 쳤다. 발디마 영지를 한 바퀴 돈 그가 회의를 열었다.

"외성벽은 나무로 만든 울타리입니다. 그리 튼튼하진 않습니다. 성문 주변의 방어도 어설프고 해자도 없어서 공략하기가 어렵지 않을 겁니다."

"야만인들도 하루 만에 점령한 곳이지."

"더군다나 있는 방어시설마저 멀쩡하지 않은 듯합니다. 내일 바로 공격을 감행하는 게 좋을 것 같습니다."

부관과 기사들은 승리를 장담했다. 누가 봐도 공략이 쉬운 마을이었다. 방어력은 그야말로 최소한의 규모만 갖추고 있었다.

"다소 마음에 걸리는 건 영주와 도망치지 못한 영지민이 인질로 붙잡혀 있다는 겁니다. 우리가 본격적으로 공격한다면 야만인들이 모두 죽일 겁니다."

그 말에 침묵이 잠시 일었다. 그들은 태양신 루를 믿는 자들이다. 무고한 백성을 지켜야 하는 사명이 있었다.

카르니우스가 입을 열었다.

"우리에게 더 중요한 건 눈앞의 생명을 구하는 게 아니라, 야만인들을 하루라도 빨리 섬멸해 더 큰 피해를 막는 것이네. 우리가 지체한다고 해서 야만인들 마음속에 자비가 생기지도 않을 터이고, 영지민도 풀려나지 않겠지. 오히려 그들의 고통만 길어질 뿐이네."

카르니우스의 마음속에는 저울이 있었다. 그는 어떤 문제에 부닥치면 마음의 저울로 무게를 달아보곤 했다. 사람들은 그

를 철혈이라고 불렀으나, 그는 언제나 더 큰 정의를 위해 행동
했을 뿐이었다.

"그럼 공격 준비를 하겠습니다."

카르니우스의 결정에 더 이상 토를 다는 사람은 없었다. 그
들도 도덕적 죄를 짊어질 사람이 필요했을 뿐이다. 그건 언제
나 지휘관의 역할이다.

"이 땅은 태양신의 아들과 딸들의 것이오. 야만적인 이교도
들에게 태양의 힘을 보여줍시다!"

독실한 기사가 외쳤다. 다른 기사들이 그 말에 호응하며 루
의 이름을 찬양했다.

육천여 명의 제국군은 공성전을 준비했다.

"이번에는 도망가지도 못할 터다. 기병대도 함께 있으니까
말이야."

기사들이 껄껄 웃으며 투구를 썼다. 저번 전투와 달리 추격
을 보낼 경기병도 천이 넘었다. 이미 성의 후문까지 기수를 보
낸 터라 야만인들을 놓칠 일은 없었다.

"놈들 스스로 무덤을 판 거지. 도망갈 수도 없는 곳에 자신
들을 가둔 셈이야."

기사들은 야만인의 판단을 비웃었다.

그러나 카르니우스는 멀리서 골몰히 발디마를 응시했다.

'분명 책략이 있을 거다. 만약 저들의 지휘관이 우리 포위망을 뚫은 자라면 말이지.'

카르니우스조차 자신의 아들을 죽인 야만인들의 판단력을 인정할 수밖에 없었다. 그 상황에서 정면 돌파는 놀라운 판단이었다.

'그저 광기에 의존한 돌격이었는지 아니면 뛰어난 지휘관의 판단력이었는지……. 이제 알 수 있겠지.'

카르니우스는 신중을 기했다. 그는 중보병과 기사들을 선두로 보내 성문을 뚫을 생각이었다. 발디마 수준의 방어시설로는 중보병과 기사들을 막을 방법이 없었다.

'성벽만 뚫으면 이긴 거나 다름없다. 아무리 야만인들이 용감해도 기사들을 이기진 못해.'

기사의 우월성은 여러 번 증명되었다. 특히 강철갑옷을 입은 기사는 야만인들의 천적이나 마찬가지였다.

'야만인 보병의 능력은 난전과 백병전에서 빛을 발하지. 하지만 기사들 앞에서는 그 장점이 없는 거나 마찬가지다.'

강철갑옷을 두른 기사에게 약점은 거의 없다시피 했다. 혼란스러운 전장에서 기사의 약점을 노려가며 싸울 수 있는 전사가 몇이나 되겠는가? 늑대와 곰의 용기를 빌려오더라도 쇳덩어리 날붙이로는 판금갑옷을 뚫지 못한다.

"진군하라."

카르니우스가 입을 뗐다. 지휘관들은 정해진 전략대로 움직였다. 기사와 중보병들이 천천히 성문까지 다가갔다.

피슛!

야만인들이 쇠뇌와 화살을 쏘아댔다. 조잡한 방어시설을 가진 마을에서는 화살이 거의 유일한 수성 수단이었다.

카앙!

제국군에게 화살은 통하지 않았다. 기사의 갑옷이 화살을 튕겨냈으며, 중보병은 커다란 방패를 위로 올려서 거북이의 진을 유지했다.

'최후의 발악이로군.'

제국군의 진격은 묵직했다.

둥, 둥, 둥.

진군속도를 조절하는 북소리만 전장에 퍼졌다.

울타리 위에서 화살을 쏘는 야만인들이 애처로울 지경이었다. 제국군이 공성전에서 지려 해도 질 수가 없었다. 누가 봐도 야만인의 패배가 뻔했다.

"카악!"

열심히 화살을 쏘던 야만인들이 갑자기 비명을 질러댔다. 울타리 위에서 화살을 쏘던 야만인들이 서둘러 밑으로 내려가고 있었다.

"무슨 일이지?"

진군하는 제국군이 속도를 줄였다. 지휘관들이 눈을 가늘게 뜨며 무슨 일이 일어나고 있는지 관찰했다.

제국군이 성문 앞까지 진군했다. 야만인들의 저항이나 방어는 없었다.

오히려 마을 안쪽에서 싸우는 소리가 들렸다.

'내분?'

야만인 군대에는 문명세계 출신의 용병들이 있었다. 제국군도 익히 알고 있는 정보였다.

끼이이익.

성문이 열렸다. 피를 뒤집어쓴 한 무리 병사들이 숨을 헐떡이며 나왔다. 그들은 황급히 제국군에게 도움을 청했다.

"우린 야만인과 있던 용병대요! 야만인들이 우리를 쫓아오고 있소!"

성문 밖으로 나온 건 용병대를 이끄는 게오르크였다. 그는 부하 수십여 명을 이끌고 성문을 열고 빠져나왔다.

"하, 멍청한 놈들."

성문 앞에 있던 기사들이 용병들을 훑어보며 웃었다. 상황이 빤히 보였다.

'목숨을 건져보려고 야만인들을 배신하고 성문을 연 것 같

은데, 어차피 다 죽은 목숨이지.'

카르니우스 장군의 아들이 죽었다. 자진항복을 하더라도 야만인 군대에 합류했던 자들이 살아남을 리가 없다.

어쨌거나 압도적인 야만인들의 열세. 그런 와중에 용병대가 배신하는 건 이상하지 않았다.

기세가 좋았다. 카르니우스는 절로 열린 성문을 바라봤다. 쇠 비린내가 달콤할 정도로 승리가 가까웠다.

"놈들도 배신에 당황했을 겁니다. 당장 들어가야 합니다, 장군!"

승리가 너무나 쉽게 굴러들어 왔다.

'상황이 지나치게 유리하게 흘러가면 의심해 봐야 돼.'

카르니우스가 턱을 매만지며 전장을 바라봤다.

전쟁은 뒤로 물림 없는 장기다. 눈앞에 이득이 있다고 섣불리 말을 옮기다간 큰 화를 입곤 한다. 전쟁에서는 말이 아닌 실제 인간이 죽는다.

카르니우스는 눈앞의 이득을 바라봤다. 오래 고민할 시간은 없었다. 병사들이 그의 명령을 기다리고 있다.

'야만인 무리 내부의 배신자들, 절로 열린 문, 압도적인 우세.'

모든 정황이 제국군의 승리를 그렸다.

'솔직히 함정이더라도 우리가 질 거란 생각은 들지 않아.'

카르니우스의 가슴에서 솟아나는 건 오만에 가까운 자신

감. 하지만 그는 자신의 오만을 경계했다.

"장군! 야만인들이 다시 성문을 닫을 겁니다!"

부관이 황급히 외쳤다. 성문이 닫히면 절호의 기회를 놓치는 거나 마찬가지다. 다시 성문을 뚫으려면 사상자가 수십여 명 생긴다.

'내 기우인가…….'

카르니우스가 손을 앞으로 뻗었다. 함정일지라도 놓치기에 아까운 기회였다. 그는 중보병과 기사를 성문 안으로 들여보냈다.

"오오오오오오!"

제국군이 성문 안쪽으로 들이닥쳤다.

카앙!

성문을 닫으려는 전사들과 들어오려는 병사들이 충돌했다. 상당히 저항이 거셌다.

'함정이라면 저렇게 악착같이 성문을 수호할까?'

카르니우스가 떨리는 입술을 비틀었다. 그는 서서히 확신을 가졌다.

'리오, 이 한심한 아비를 용서해라.'

카르니우스는 한없이 후회했다. 시도 때도 없이 리오의 마지막 모습이 떠올랐다.

'그때 널 말렸다면…… 아니, 적어도 병사들이라도 더 붙였

다면……'

후회는 아무리 빨라도 늦다. 카르니우스는 귀한 아들을 잃었다.

"리오……."

그의 목소리가 울적했다.

리오가 태어나던 날 카르니우스는 세상 전부를 가졌고, 리오가 죽자 그는 세상을 모두 잃었다.

'내 욕심이다. 내 뒤를 이을 기사로 키우려고만 하지 않았다면……'

카르니우스가 미간을 찌푸렸다.

아들을 잃은 노기사는 야만인의 피를 원했다. 아들의 영전에 바칠 피는 아무리 쏟아도 부족했다.

'루여, 저는 복수를 갈망합니다. 아들을 사랑하는 아비의 열망이…… 당신의 뜻을 거스르는 죄악이라 생각하신다면 이 노구를 데려가시옵소서.'

카르니우스가 칼자루에 달린 태양장식에 입술을 맞췄다. 그가 눈을 뜨며 목구멍을 조였다.

"돌-겨어어어어억!"

카르니우스가 칼을 앞으로 뻗으며 외쳤다. 카르니우스 옆에 있던 중기병들이 마을 안으로 달려 들어갔다.

중기병들이 야만인을 성큼성큼 짓밟으며 성문의 입구를 확보했다. 입구가 확보되자마자 제국군이 물밀듯 들어왔다.

제국군의 주요병력 대부분이 마을 안으로 들어섰다. 야만인들이 좁은 길목에서 저항하며 제국군을 공격했지만 죽어가는 야만인이 훨씬 많았다.

'정말로 이렇게 무책임한 전략이 전부인가?'

카르니우스가 허탈하게 웃었다. 괜스레 긴장한 자신이 바보 같았다.

"장군! 성문입구가 닫힙니다!"

성문을 지키던 제국병사들이 쓰러지고 있었다.

"하! 교활한 놈들! 그럴 줄 알았다!"

카르니우스가 웃었다. 함정 하나둘 정도는 있을 줄 알았다.

성문 근처에서는 죽은 줄 알았던 야만인들이 일어섰다. 배신자에게 당한 게 아니라, 당한 척만 하며 피를 바르고 누워 있던 야만인들이었다. 게오르크와 용병들도 야만인과 합류해 성문을 닫았다.

뿌우우우우!

야만인들이 정해진 신호를 보냈다.

화르르륵!

마을 외곽부터 불꽃이 번졌다. 기름을 미리 듬성듬성 부어 뒀기에 목조가옥들이 빠르게 타올랐다. 불꽃이 삽시간에 마을 전체에 번져 갔다.

'마을에 우리를 가두고 화공⋯⋯. 야만인치고는 머리를 썼군.'

카르니우스는 당황하지 않았다. 마을의 벽은 나무울타리일 뿐이다. 마음만 먹으면 삽시간에 치고 부수고 나갈 수 있었다. 불꽃에 휩싸여 제국군이 죽을 일은 없었다.

"이게 준비한 계략의 전부인가! 이교도 야만인들아-!! 내 아들을 죽인 자들이 이것밖에 되지 않았더냐!"

카르니우스가 크게 외쳤다.

전방의 병사들 사이에서 소란이 일었다.

"히이이잉!"

마을 대로를 따라 소와 말들이 달려왔다. 기름통을 매달고 꼬리에 불이 붙은 가축들이었다.

야만인들은 마을의 재산을 아낌없이 썼다. 귀한 소와 말에 불을 붙여 무기처럼 사용했다.

"으아아앗!"

"가까이 오지 못하게 창으로 찔러!"

날뛰는 말과 소에 병사들이 짓밟혔다. 가축의 등에 매달린 기름통이 쏟아지면서 병사들을 덮쳤다. 불을 뒤집어쓴 병사가 비명을 지르며 바닥을 굴렀다.

카르니우스는 눈을 가늘게 떴다. 언뜻 보면 혼란의 도가니 같았으나 병사의 피해는 변변찮았다.

'이런 기만책은 삼류다. 이걸로는 승리를 얻지 못해. 야만인

놈들 무슨 생각이지?'

카르니우스는 일단 나무울타리를 부수고 바깥으로 나갈 생각이었다. 이런 어설픈 화공에 당할 생각은 추호도 없었다. 마을이 다 타버리고 난 뒤 남은 야만인을 천천히 죽이면 될 일이다.

"살려주십쇼! 나리들!"

"야, 야만인들이 우리를……! 히이익!"

하나 카르니우스도 이번만큼은 적잖게 당황했다. 사방에서 뛰쳐나오는 건 야만인이 아니라 발디마의 주민들이었다.

불타는 마을 여기저기서 주민들이 제국군에게 들러붙었다.

"제기랄! 갑자기 뭐 하자는 거야!"

병사들이 주민들을 밀쳤다. 주민들은 험한 꼴을 당했는지 제정신이 아니었다.

"노, 놈들이 제 아들의 가죽을 눈앞에서 버, 벗겨서. 끄으윽."

주민들은 공황에 빠진 채로 다짜고짜 제국군의 도움을 요청했다. 도저히 주민들을 통제하지 못했다.

피슛!

그사이에 야만인의 공격이 재차 이어졌다. 여기저기 숨어 있는 야만인들이 활을 쏘고는 사라졌다.

여러 상황이 겹쳐서 제국군의 규율이 흐트러졌다. 마을을 둘러싼 열기가 더욱 뜨거워져서 철제무구를 사용하는 병사들은 견디기 힘들 정도였다.

이런 상황에서 제국군에게 들러붙는 주민들은 짐이었다. 통제가 먹히지 않아 제국군도 결국 무력을 사용했다.

"물러나라고 하지 않았더냐!"

"히익! 어째서! 우, 우릴 구하러 오, 오신 게 아닙니까! 야, 야만이, 오, 온다!"

"미치겠군! 이 사람들 완전히 돌아버렸어!"

주민들은 가족과 이웃의 가죽이 벗겨지고 팔다리가 잘리는 걸 눈앞에서 봤다. 제정신으로 버티기 힘든 며칠이었다. 체감으로는 몇 달이 지난 것만 같았다.

'야만인 주력군은 돌로 지어진 내성에서 버티는 건가? 우리가 타 죽길 기다리는 것 같군. 어리석은 놈들.'

카르니우스는 야만인들을 비웃었다. 냉철하게 생각하면 하나하나가 별거 아닌 기만책에 불과했다. 해결방법은 빤히 있었다.

"난동을 부리는 자들은 무력으로 제압해라! 필요하다면 살상도 허용하겠다! 골른 경! 울타리를 부숴서 나갈 길을 뚫게!"

카르니우스는 우직한 명령을 내렸다. 그는 야만인의 기만에 현혹당하지 않았다.

스르륵.

병사를 이끌고 나무울타리를 부수러 간 골른은 한참이나 소식이 없었다.

불길은 더욱 커져서 병사들도 심각하게 바라봤다. 점점 병사들의 거동이 좁아졌다. 말들은 다가오는 불길에 놀라 난동을 부리다 기수를 떨어뜨렸다.

화르르륵!

불길 사이로 웅성거리는 소리가 났다. 불꽃이 갑자기 커지면서 거세졌다. 누군가가 인위적으로 기름을 더 뿌리고 있었다.

"야만인입니다!"

유릭의 본대는 내성에 숨지 않았다. 그들은 물에 젖은 가죽 망토와 옷을 뒤집어쓰고 타오르는 마을 안으로 들어왔다.

치이이익!

물이 증발하면서 수증기가 뿌옇게 피어올랐다.

"후욱, 후욱."

전사들이 불꽃을 통과하며 병사들 앞에 등장했다.

콰직!

불꽃을 뚫고 나타난 전사들이 병사들을 공격했다. 물에 적신 가죽이 벌써 바짝바짝 말라갔다.

"앗, 뜨뜨."

방패를 들던 병사들이 소리를 질렀다. 방패는 고기가 익을 정도로 달아올랐고, 그들의 갑옷 안은 찜통이나 다름없었다.

'온통 불바다인데 싸울 셈인가!'

카르니우스가 눈을 동그랗게 떴다. 조금만 있으면 마을 전체가 불에 잠길 터다. 그런데도 야만인들이 뭉쳐서 정면으로 싸움을 걸어왔다.

"카아아아악!"

벌써 앞에서는 교전이 일어났다.

콰-앙!

야만인들이 기름통을 발로 걷어차 굴리며 불을 사방에 퍼뜨렸다. 불길이 병사들의 길을 가로막고 진영을 파괴했다.

"미친놈들!"

병사들이 비명을 질러댔다.

전사들은 물에 적신 가죽을 묵직하게 뒤집어썼다. 철제무구를 쓰는 병사들보다야 상황이 훨씬 나았다.

전신강철갑옷을 입은 기사들의 상태는 매우 심각했다. 그들은 열이 차올라서 숨이 막혀올 지경이었다. 강철갑옷 아래는 누빔이나 가죽옷을 껴입고 있는지라 고인 열이 빠지지 않았다. 이미 투구를 벗어 던진 기사도 여럿이었다.

풋!

전사들은 그 틈을 놓치지 않았다. 그들의 화살이 투구를 벗은 기사의 머리를 꿰뚫었다.

"같이 타 죽자는 건가!"

기사들이 인상을 찌푸리며 칼을 휘둘렀다. 야만인들은 불타는 집들을 오가며 제국군을 기습했다.

"따라 들어가지 마라!"

야만인을 쫓아 불타는 집에 들어갔다가 깔려 죽는 병사들이 속출했다.

"허억, 허억."

병사들이 물을 머리 위로 뿌렸다. 물주머니의 물은 턱없이 부족했다.

야만인들은 정면으로 싸우지 않았다. 그들은 제국군이 마을 바깥으로 나가지 못하도록 교전을 벌이다가 빠지길 반복했다. 불길과 열기 때문에 제국군은 야만인들을 쫓지 못했다. 그렇다고 등을 보이기도 힘들었다.

"으아아아! 부, 불이다! 불! 불!"

설상가상으로 발디마의 주민들이 난동을 피워댔다. 몇몇 주민이 울타리로 달려가다가 불길에 휩싸인 채로 제국군 틈에 뛰어들었다.

'울타리를 무너뜨리러 간 골른 경은 왜 소식이 없는 거지?'

성문은 도르래가 부서진 채로 굳게 잠겨 있었다. 바깥에 대기 중이던 병력들도 교전 중인 듯했다.

카르니우스의 표정에는 여유가 없었다. 이대로 가다간 야만인들과 같이 타 죽을 것 같았다.

물에 젖은 가죽을 뒤집어쓴 야만인들도 멀쩡하진 않았다.

피부가 벌겋게 익은 자도 여럿이었고, 병사들을 유인하다가 무너지는 집에 같이 깔려 죽은 야만인도 부지기수다.

스스스스.

골른의 부대가 갔던 방향으로 그림자들이 흔들렸다.

"유우우우우릭이 왔다아아-!!"

전사들의 목소리가 갑자기 높아졌다. 죽어가던 전사조차 벌떡 일어나 유릭의 이름을 외쳤다.

뿌우우우우-!!

불덩이 속에서 나팔수가 뿔나팔을 불었다.

"후우, 후우."

유릭이 매캐한 숨을 내뱉으며 모습을 드러냈다. 그도 다른 전사들처럼 물에 적신 가죽을 걸치고 있었다. 불길을 가로지르자 가죽에서 수증기가 뿌옇게 흘러나왔다.

휙!

유릭이 머리 하나를 제국군 앞에 던졌다. 울타리를 부수러 갔던 골른 경의 머리였다.

유릭의 뒤에서 전사들이 하나둘씩 나타났다. 가죽과 천들조차 바짝 메말라 불티를 날리고 있었다. 그들의 손발은 죄다 그슬어서 검었다.

숨이 막힐 정도의 열기와 목구멍이 검게 변할 것 같은 연기, 부족전사들은 늘 그랬듯이 참고 인내할 뿐이었다. 우기를 기다리며 걷기를 이겨내듯.

카르니우스는 유릭과 마주하는 순간, 그가 야만인 무리의 대장이라는 걸 알았다.

스륵.

유릭이 말없이 도끼를 위로 들었다.

전사들은 더 이상 치고 빠지지 않았다. 불꽃과 연기 사이에서 모습을 드러내며 제국군과 당당히 대치했다. 이미 말라 버린 가죽들은 열기를 막아주지 못했다. 화상으로 얼룩진 전사들의 몸뚱이가 흉했다.

야만인들은 발디마를 최악의 전장으로 만들었다. 이제 발디마를 벗어나려고 등을 돌리는 부대가 당할 뿐이다. 살아남으려면 눈앞의 상대를 꺾어야 한다.

'……아니면 같이 타 죽거나.'

카르니우스가 입술을 씰룩였다. 불꽃이 그의 눈동자 안에서 일렁였다.

"유릭……?"

대치하던 몇몇 기사가 그 이름을 읊조렸다.

유릭이라는 이름이 낯설지 않았다. 하지만 기사들은 그 이름을 곱씹어 보기도 전에 닥쳐오는 위험과 맞섰다.

불꽃의 혓바닥이 사방에서 너울너울 흔들렸다. 맨몸으로 서 있어도 열기 때문에 숨이 막힐 지경이었다. 매캐한 연기를 계속 마시고 있으니 현기증이 절로 일었다.

'어질어질하다.'

카르니우스도 감기는 눈을 억지로 떴다. 갑옷을 벗고 싶었지만 그럴 여유가 없었다.

단단히 무장한 병사일수록 오히려 몸이 둔해졌다. 전신강철 갑옷을 입은 기사들은 열기를 이기지 못하고 픽픽 쓰러지기도 했다.

'북부인도 이런 수를 쓴 적이 없다. 듣도 보도 못한 싸움방식이로군.'

카르니우스도 제국의 전쟁사를 줄줄 꿰고 있었고, 오랫동안 북부인과 싸워온 노장이다. 불바다 속에서 싸우는 전투는 지금까지 없었다.

'보호를 위해 입은 철제방어구가 우리를 죽이고 있어.'

갑옷은 추위는 이겨도 더위를 이기진 못한다. 실제로도 남부에서는 여름이 되면 기사들조차 경갑을 선호했다.

'바깥에도 병력을 따로 둔 모양이로군.'

이런 상황에서 카르니우스의 외부병력은 성문을 뚫지 못하고 있었다.

'생각이 힘들다.'

카르니우스는 육십을 넘긴 기사다. 자기관리에 철저한 사내라도 나이를 숨기진 못한다. 특히 환경적 변화는 노장에게 치명적이었다. 숨을 쉬기가 힘들어서 어깨가 크게 들썩였다.

그러나 숨을 크게 들이마시면 그만큼 나쁜 연기가 몸에 스며들었다.

"쿨럭, 쿨럭."

카르니우스 부대의 주요 지휘관 중엔 노기사가 많았다. 다들 육체적 전성기가 지난 자들이다. 지휘에는 능숙해도 체력적 면에서 떨어졌다. 자기 몸 하나 가누기 힘든 상황에서 군대의 규율이 흐트러졌다.

마을 안에 진입한 제국군은 약 오천여 명이었다. 그런데도 자신들보다 소수인 야만인들에게 포위당한 형세였다.

'불꽃.'

유릭은 붉게 일렁이는 세계를 바라봤다. 그가 칼을 앞으로 뻗자 전사들이 돌격했다.

"우아아아아-!!"

가죽외투만 걸친 전사들이 날뛰었다. 원래 헐벗고 싸우는데 익숙한 사내들이었다.

콰직!

전사의 도끼가 병사의 머리를 갈랐다.

병사들은 연기를 많이 마신 데다가 열기 때문에 얼굴이 벌겠고 움직임은 굼떴다.

"후웁."

전사들은 물을 묻힌 천을 코와 입가에 둘러서 연기를 적게 마셨다. 그들의 정신은 불구덩이 속에서도 명료했고 눈동자는 적을 쫓았다.

치이이이익!

유릭이 불에 달군 칼로 병사의 목을 찔렀다. 살이 타는 냄새가 났다. 적들의 두려움이 느껴졌다.

"끄아아아아아악!"

사방에서 문명인의 비명이 솟구쳤다. 문명인이 자랑하는 방진조차 불꽃의 혼돈에서는 무용지물이었다.

"아아아아아! 루여!"

불꽃 때문에 도망갈 곳이 없었다. 공포에 질린 발디마의 주민들은 이리저리 날뛰며 제국군을 방해했다.

'밀리고 있다.'

카르니우스는 겨우겨우 전황을 살폈다. 고작해야 이천가량의 야만인에게 오천의 제국군이 밀리고 있었다. 제국의 자랑이었던 기사들은 속수무책으로 야만인들에게 당했다. 불꽃에 휘말려 갑옷을 입은 채로 익어버린 자도 있었다.

"쿨럭, 조르다인 경, 저 야만인을 공격해라. 저자가 야만인들의 머리다."

카르니우스가 유릭을 가리키며 말했다.

'전사로서 뛰어난 역량을 지닌 야만부족이다. 가장 앞에 서

서 용맹하게 싸우는 자가 대장이겠지. 그리고 저자가 나타났을 때 주변 야만인들이 유릭이라고 외쳤다.'

카르니우스의 통찰은 정확했다. 유릭을 죽인다면 야만인의 사기가 꺾일 터다.

카르니우스의 명을 받은 조르다인은 주변 기사와 병사를 이끌고 앞으로 나섰다. 기사들이 비틀거리면서 조르다인을 따라 뛰었다.

"유릭을 지켜!"

유릭 쪽으로 병사들이 모이는 걸 확인한 전사들이 외쳤다. 그들은 화상도 아랑곳하지 않은 채로 불꽃을 관통하듯 돌파했다. 제국병사들과 달리 불길을 두려워하지 않고 내달렸다.

기사들도 비명에 가까운 포효를 지르며 돌격했다.

기사와 전사들이 충돌했다. 쇠붙이와 살이 얽히면서 피가 튀겼다.

야만인의 천적이었을 기사들은 힘을 쓰지 못하고 피를 흘렸다. 이런 열기 속에서 갑옷을 입고 움직이는 것조차 초인적인 기력이었다. 싸움을 시작하자마자 몸의 열기가 머리까지 차올랐다.

푹!

전사들은 기사들을 제압해서 갑옷 사이로 칼날을 찔러 넣었다.

"쿨럭, 크어어억!"

기사가 쓰러진 채로 살을 찢는 칼날의 감촉을 느꼈다. 그는 피를 토하며 죽어갔다.

"오우우우우우!"

전사가 기사의 잘린 머리를 들어 올려 자신의 무공을 자랑했다.

'저들은 이런 열기에도 아랑곳하지 않고 싸운다.'

부족전사들은 혹서에 익숙했다. 숨이 텁텁하게 막히는 건기에도 그들은 걷고 뛰고 싸웠다. 서부의 전사들에게 인내는 미덕이었다. 죽는 한이 있어도 그들은 약한 소리를 내뱉지 않았다.

치이이익.

전사들의 몸뚱이에 화상이 늘어만 갔다. 전신이 벌겋게 익은 자들도 있었다. 팔다리가 열기에 짓물러서 끔찍했다.

"오오오오! 이 더러운 야만인들아아아아!"

조르다인이 투구를 내던지며 울부짖었다.

캉!

조르다인과 유릭의 칼이 마주쳤다. 유릭은 힘껏 조르다인을 밀어냈다.

'엄청난 힘이다.'

조르다인은 유릭의 괴력을 이기지 못하고 철퍼덕 넘어졌다.

그는 황급히 칼을 앞으로 뻗으려 했지만, 유릭의 손이 먼저였다.

촤아악!

유릭의 칼이 조르다인의 목을 반쯤 베었다. 조르다인은 자신의 목을 감싸며 뒤로 넘어졌다.

"더러운 야만인의 칼에 죽어가는 기분이 어때?"

유릭이 이를 드러내며 웃었다.

'제국어?'

조르다인은 죽어가면서 눈을 동그랗게 떴다. 유릭의 입에서 유창한 제국어가 나왔다. 야만인의 수장이 제국어를 한다는 사실은 엄청난 일이었다.

'유릭? 유릭!'

조르다인은 번개를 맞은 듯했다. 유릭이라는 이름은 낯설지 않았다.

'카르니우스 장군에게 알려야 한다. 저자는 유릭……'

한때 제국의 수도 하멜에서 가장 유명했던 야만인이다.

푸욱!

유릭이 조르다인의 배를 밟으며 칼을 마저 휘둘렀다. 유릭은 조르다인의 머리를 불꽃 속으로 걸어찼다.

제국군의 전선이 밀렸다. 불꽃을 가호로 삼은 야만인들이 전진했다.

'여기서 이렇게 패하는 것인가?'

카르니우스가 허탈하게 웃었다. 어이없는 패배였다.

'한 번만 더 신중했더라면……'

딱 한 번만 더 생각했더라면 이런 상황이 벌어지지 않았을지도 모른다. 하지만 카르니우스의 마음은 급했다. 아들의 복수를 위해 미미한 불안감을 무시했다.

마을로 진입했던 제국군의 절반이 시체가 되어 나뒹굴었다.

"장군을 보호해라!"

기사들이 힘겹게 외쳤다. 그들은 카르니우스를 중앙에 두고 싸웠다. 불길 때문에 사방이 막혀서 도망가기도 힘들었다.

"쿨럭, 쿨럭."

카르니우스도 한계였다. 연기를 너무 마신 터라 아까부터 눈이 계속 감겼다. 헛것이 보일 지경이었다.

화르륵!

불꽃으로 휘어 감긴 집들 사이에서 야만인들이 튀어나왔다. 그들은 방어가 허술한 부분을 노렸다.

"장군!"

기사들이 카르니우스의 앞을 황급히 몸으로 막아섰다. 그들은 전사들의 무기에 무더기로 쓰러져 나갔다.

'루여, 복수라는 불온한 감정에 몸을 맡긴 저를 벌하시는 겁니까?'

카르니우스는 자신의 칼자루를 바라봤다.

콰지지지직!

뒤편에서 요란하게 무너지는 소리가 났다.

성문이 부서지면서 무장한 제국군의 잔여병력이 나타났다. 그들은 공성추로 굳게 닫힌 성문을 부쉈다.

"카르니우스 장군을 구출해라!"

바깥에 주둔시킨 잔여병력과 보급병들이 들이닥쳤다. 그들도 게오르크의 용병과 야만인 혼성 부대와 싸우느라 적잖은 피해를 입은 상태였다.

외부의 제국군도 불길에 휩싸인 마을을 보며 경악했다. 생각보다 불길이 더 심각했다. 마을 전체가 통째로 타고 있었다.

'발디마라는 이름이 사라지겠군.'

살이 익는 열기 때문에 외부의 병력도 좀처럼 안으로 쉽게 들어오지 못했다. 그들은 화상을 입어가며 잔해를 치워 활로를 열었다.

"장군을 먼저 보내! 몸으로 막아!"

기사들이 소리를 질렀다. 하지만 불꽃 때문에 병사들은 방진을 짜지 못했고, 힘내서 싸우긴커녕 뒤로 도망가기 바빴다. 앞뒤로 밀린 제국군은 뒤엉켜서 이리저리 넘어졌다.

"오오오오옷!"

전사들이 괴성을 지르며 제국군을 끝까지 쫓았다. 마지막 하나까지 숨통을 끊을 기세로 성문까지 들이닥쳤다.

"장군!"

성문 바깥으로 나온 카르니우스가 부축을 받으며 말에 올라탔다.

피슉!

어느새 쫓아온 야만인들이 화살을 쐈다. 화살 하나가 카르니우스의 목덜미를 찢으며 지나갔다.

"커억!"

카르니우스가 신음하며 상체를 구부렸다. 자칫하면 낙마할 뻔했으나, 노장의 손은 고삐를 놓치지 않았다.

"이랴!"

옆에 있던 기사가 카르니우스의 말까지 같이 몰았다.

남은 말은 몇 없었다. 그마저도 기사와 귀족들이 타고 먼저 도주했다. 병사들은 도보로 후퇴하지만 야만인의 매서운 추격이 병사들의 뒤통수를 깨부쉈다.

"장군, 정신 차리십쇼."

기사들이 카르니우스의 이름을 불렀다. 카르니우스는 출혈이 심한 목덜미를 붙잡으며 낮게 숨을 헐떡였다.

'리오.'

카르니우스는 아들을 생각했다.

'보고 싶구나. 그렇게 보내는 게 아니었어.'

이대로 삶을 포기하고 주저앉고 싶었다. 이제 죽음을 맞이해도 여한이 없었다.

"지금 당장 치료해야 합니다. 출혈이 심합니다!"

따라붙은 종군성직자가 카르니우스의 상처를 보며 외쳤다. 기사들이 서로의 얼굴을 보다가 고개를 끄덕였다.

"여기서 장군을 치료해라! 우리가 시간을 벌겠다!"

기사들이 말머리를 돌렸다. 그들은 종자에게 기마창을 받아 들었다.

"오오오오오오!"

스물넷에 불과한 기사들이 야만인 무리를 향해 내달렸다. 소수였지만 그 기세는 야만인들의 추격을 잠시나마 저지했다.

그사이에 종군성직자가 약초와 붕대를 꺼내 카르니우스를 치료했다.

"살아 남으십쇼, 장군. 그 목숨은 당신만의 것이 아닙니다."

카르니우스의 눈꺼풀이 떨렸다. 그는 죽으러 나간 전우들의 뒷모습을 눈동자에 새겼다.

"편하게 죽지도 못하게 하는군. 큭, 큭."

카르니우스가 바들바들 떨리는 손으로 다시 말에 올라탔다. 그는 남은 병력을 이끌고 도주했다. 추격을 시작했을 때는 칠천 명이었으나 지금은 천 명도 남지 않았다. 그것도 정예를 모두 잃고 남은 어중이떠중이 병력이었다. 두말할 것 없는 완패였다.

투두두두!

유릭은 말을 타고 돌격해 오는 기사들을 바라봤다. 목숨을 버리고 달려오는 기사의 위세는 대단했다.

기마창의 끄트머리가 유릭의 앞까지 들이닥쳤다.

"후우우웁!"

유릭이 크게 숨을 들이마셨다. 그가 말의 눈을 노려보며 힘껏 포효를 내질렀다.

"우와아아아아아아아!"

쩌렁쩌렁한 포효에 예민한 말들이 움찔했다. 훈련받은 전투마인지라 기사들이 낙마하지 않았지만, 속도가 줄면서 기사들의 자세가 흐트러졌다.

카-앙!

유릭이 칼로 기마창을 옆으로 쳐 냈다. 그가 펄쩍 뛰어서 기사의 머리를 잡아 땅에 처박았다.

콰득!

목뼈가 부러지는 소리가 선명했다.

기사 하나를 죽인 유릭은 눈을 흘기며 좌우로 지나가는 기사들을 바라봤다.

"카아아아악!"

기마창에 꿰뚫린 전사들이 비명을 질렀다. 소수의 기사가 전사들의 진영에 뛰어들어 시간을 벌었다.

'일단은 여기까지인가.'

유릭은 멀어지는 제국군을 바라봤다. 곧 뒤에서도 비명이 잦아지며 기사들이 픽픽 쓰러졌다.

"대지의 아들 유릭을 찬양하라-!!"

"유-우-우-우릭!!"

"위대한 전사가 함께한다!"

전사들이 시체 더미 위에서 유릭의 이름을 부르짖었다. 그들은 이길 수 없을 거라 생각했던 전투에서 승리했다. 영구히 남을 흉측한 화상 따윈 영광의 상징이었다.

카르니우스의 추격은 끝났다. 그들은 그슬린 몸뚱이로 제국의 수도 하멜로 돌아갔다. 다른 야만인들을 추격했던 두 부대가 중간에 합류했지만, 추격에서 성과를 올린 제국군의 부대는 셋 중에 하나뿐이었다.

제국은 야만인을 섬멸하지 못했다. 야만인들의 뿌리는 아직 살아 있었다.

to be continued

OTHER VOICES

악마의 음악

WISHBOOKS MODERN FANTASY STORY

경우勁雨 현대 판타지 장편소설

[악마의 목소리가 담긴 음악으로
세상에 행복을 줄 수 있을까?]

지미 헨드릭스부터 라흐마니노프까지
꿈속에서 만나는 역사적 뮤지션!

노래를 사랑하는 소년에게 나타난 악마.
그런 소년에게 내려진 악마들의 축복.

악마의 음악

수많은 악마의 축복 속에서
세상을 향한 소년의 노래가 시작된다.

흙수저 판타지 장편소설

회귀자 사용설명서

어느 날, 이세계로 소환되었다.

짐승들이 쏟아지고, 믿을 수 없는 위기가 닥쳐오나.
가지고있는 재능은 밑바닥.

[플레이어의 재능수치는 최하입니다.]
[거의 모든 수치가 절망적입니다.]

선택받은 용사든, 재능 있는 마법사든,
시간을 역행한 회귀자든.
모든 것을 이용해야 한다.

살아남기 위해.

"쓰레기면 뭐 어떻습니까. 살아남기 위해서
뭔 짓인들 못 하겠어요?"